बारिश, ईश्वर और मृत्यु

जयशंकर

वाणी प्रकाशन

21-ए, दरियागंज, नयी दिल्ली-110002

फोन : 23273167, 23275710 ● फैक्स : 23275710

e-mail : vani_prakasan@yahoo.com

: vani_prakasan@mantraonline.com

वाणी प्रकाशन का लोगो
विख्यात चित्रकार मकबूल फिदा हुसेन
की कूची से

ISBN : 81-8143-181-2

वाणी प्रकाशन
21-ए, दरियागंज, नयी दिल्ली-110002
द्वारा प्रकाशित

संस्करण : 2004
संस्करण : 2006

मूल्य : 150.00

शुभम् आफॅसेट, दिल्ली-110032
द्वारा मुद्रित

BARISH, ESHWAR AUR MRITYU
(Story collection) *by* **Jayashankar**

आमला और भोपाल के मित्रों के लिए

where the story—
teller is loyal, eternally and unswervingly
loyal to the story, these,
in the end, silence will speak.

अनुक्रम

सुबह

उस रोज मैं उनकी दहलीज से ही लौट आया था। वह मार्च की सुबह थी लेकिन बारिश हो जाने के बाद का मटियाला उजाला हवा में टँगा था। उनके बहुत पुराने मकान में वैसे ही बहुत कम रोशनी आती थी इसीलिए वे अपनी बड़ी-सी खिड़की खुली ही रखा करती थीं। मैंने उन्हें खिड़की से ही देख लिया था। वे बेंत की कुर्सी पर बैठे हुए न जाने किस चीज को लगातार देख रही थीं। उनकी आँखों में शून्य उतर आया था। उनके बाहर भी शून्य रहा होगा जिसकी तरफ उनकी आँखें खींची हुई थीं। उस वक्त उनका चेहरा मुझे किसी मृतक चेहरे-सा जान पड़ा। कहीं बहुत दूर गया हुआ। अपनी देह और आत्मा से छूटा हुआ। मैं उनकी बेल बजाने का साहस न बटोर सका और मैं न चाहते हुए भी उनकी देहरी से लौट आया।

उनके घर से लौटते वक्त वह शहर कुछ ज्यादा ही पराया महसूस होने लगा। उस शहर का वह तालाब भी मन में नहीं उतरा जहाँ उनसे पहचान के पहले की शामों को मैं बिताया करता था। तालाब की सीढ़ियों से तालाब ही नहीं, पड़ोस का पुराना मन्दिर, वहाँ पर आ रहे लोग, पीपल के पेड़ के नीचे बैठा हुआ पुजारी, खेलते हुए बच्चे, लौटते हुए परिन्दे और ऐसी कितनी ही चीजों को मैं उन दिनों में देखा करता था। पर उस सुबह वहाँ की पहचान-सी, परिचित चीजें भी परायी जान पड़ रही थीं। उनके घर से इस तरह लौटना अपनी तरफ भी लौटना रहा। अपने उन कुछ महीनों में जो मैंने उनके साथ बिताये थे। मुझे उस सुबह लगा था कि अब उनके साथ जितना कुछ बीतना मेरे भाग्य में लिखा था वह सब बीत चुका है। बह चुका है। समय बीतता जाता है। बहता जाता है। इसे मैंने पहली बार तीस बरस की उम्र में, उस पुराने और पराये शहर में महसूस किया था।

एकदम शुरुआत के दिनों में, छोटे शहर की बारिश में समय बीतता ही नहीं था। हमारा स्कूल दुपहर में लगता। मुझे तीन-चार पीरियड पढ़ाना पड़ता। मैं उस प्रसिद्ध स्कूल में आया-आया ही था और प्रिंसिपल मुझ पर बहुत भरोसा नहीं रखते थे। मैं सुबह खाली ही रहता और दुपहर में चार बजे के आसपास खाली हो जाता। तालाब के किनारे मन नहीं लगता तो कुम्हारों के इलाके में चला जाता और वहाँ के मन्दिर की सीढ़ियों पर बैठा हुआ, बूढ़े हो चले कुम्हारों की बातें सुनता रहता। कुम्हारों के

बच्चों को खेलते हुए देखता रहता। तब तक पुस्तकों में मन लगना शुरू नहीं हुआ था। घर की याद आती रहती और नौकरी से नफरत होती रहती और जिन्दगी से शिकायतें।

बड़ी बहनों की चिट्ठियाँ आती रहतीं और वे दोनों ही मुझे आगे की पढ़ाई की याद दिलाती रहतीं। उन दोनों ने ही पिता के अध्यापक होने के जीवन को करीब से देखा था और वे घर में एक और अध्यापक होने नहीं देना चाहती थीं। मैं बीच-बीच में पढ़ाई के लिए अपना मन बनाता लेकिन उस मन को भरने में ज्यादा वक्त नहीं लगता। बारिश के वे दिन, पराये शहर की वे शामें मन को मरा हुआ महसूस करने, मन को मरता हुआ देखने की शामें थीं। मरे हुए मन के मनहूस दिन। जब न मन मौसम से जुड़ता था और न ही मन्दिर के उस परिवेश से जहाँ हमेशा चहल-पहल बनी रहती थी। अब बरसों बाद जब मैं अपने मन को थोड़ा-बहुत समझने लगा हूँ तब मेरे उन दिनों के मन के लिए मुझमें ममत्व जाग पड़ता है। एक तरह की ममतामयी मार्मिकता उस मन के लिए जन्मती है जो मन्दिर की सीढ़ियों पर बैठा हुआ मुरझाता रहता था, मरता रहता था।

स्कूल में मैं सबसे कम उम्र का था और ज्यादातर अध्यापक मुझे अनाड़ी समझते थे। कोई-कोई तो मुझे बालों को सँवारने के लिए, कपड़ों को ठीक तरह से प्रेस करने के लिए कहने में भी नहीं हिचकता था। ये वे लोग थे जिन्हें माँ मेरी देखभाल करने के लिए पत्र लिखा करती थी। बहुत पहले ये अध्यापक पिता के साथ किसी शहर में पढ़ाते थे। वे मुझे तालाब के किनारे शाम न गुजारने की सलाहें देते। वे मुझे कुम्हारों की गरीब और गलीज बस्ती में जाने के लिए रोकते। वे मुझे छात्रों से ज्यादा बातें करने के लिए मना करते और इस तरह वे मेरी हर उस बात से असहमत जान पड़ते थे जो मैं अपने मन को मनाने के लिए किया करता था। मैं उनके साथ अपनी शामें गुजार नहीं सकता था और वे यही चाहते थे कि मैं हमेशा उनकी निगरानी में रहूँ या कम से कम उन्हें इन अहसासों में रखूँ कि वे मेरे लोकल गार्जियन हैं। मैं तालाब के किनारे ही अपनी खाली और अकेली शामें गुजारा करता था और मैं कुम्हारों की बस्ती में भी जाया करता था लेकिन मैं अपने स्कूल के अध्यापकों की बातें इत्मीनान और ध्यान से सुना करता था।

बारिश बीत रही थी। बारिश में ही चन्द्रमा पर पहली बार आदमी उतरा था। फिर चन्द्रमा से आये पत्थरों को उस शहर में भी लाया गया जहाँ मैं उन दिनों विज्ञान पढ़ा रहा था। मुझे छात्रों के साथ इंस्टीट्यूट ऑफ साइंस की उस लाल इमारत में जाना पड़ा जहाँ पर उन चन्द्रमा के पत्थरों को लोगों के देखने के लिए रखा गया था। उस इमारत के ही हाल में नील आर्मस्ट्रांग की बड़ी-सी तस्वीर के करीब मैं उनसे पहली बार मिला था। वे अपने स्कूल की छात्राओं के साथ वहाँ आयी थीं। मैं बरसों बाद भी इंस्टीट्यूट की दीवार के करीब खड़ी उस युवा लड़की की एक-एक चीज को याद कर

सकता हूँ। सर्दियों की उस दुपहर में मैंने नहीं जाना था कि उस युवा लड़की के साथ-साथ में मेरे छोटे शहर में बीते कुछ दिन मेरे अपने जीवन के इतने निर्णायक और अविस्मरणीय दिन रहेंगे कि तीस बरसों के बाद भी मैं उस स्त्री के बारे में बीच-बीच में सोचता रहूँगा जिसके सान्निध्य में मैंने अपनी उम्र के तीसवें बरस के कुछ दिन बिताये थे।

अक्टूबर की एक शाम मैं पहली बार उनके घर गया था। उनके घर जाते वक्त बस एक पुल को पार करती थी जिसके नीचे शहर का रेलवे स्टेशन खड़ा रहता। बस की खिड़की से पटरियाँ, प्लेटफॉर्म, रेलगाड़ियाँ, यात्री और वे इमारतें नजर आतीं जो स्टेशनों पर रहती हैं। वह स्टेशन भी अंग्रेजों के जमाने में बसा था और उसकी इमारतों में कभी अंग्रेजों के उस शहर में होने के संकेत मिलते थे। उनका घर विक्टोरियन शैली में बना हुआ। वे उस पीले मकान में अपनी छः बरस की बिटिया और अपनी नौकरानी के साथ रहती थीं। उनकी बिटिया जन्म से ही बीमार रहती आयी थी और उसकी देह और दिमाग का विकास धीरे-धीरे हो रहा था। मेरे पहली बार उनके घर जाने पर वे नहीं मिली थीं। वे पुल के पार कहीं संगीत सीखने के लिए जाया करती थीं। उनकी नौकरानी ने मुझे बिठाया था। चाय पिलायी थी। मैं उनके लिए छोटा-सा नोट रखकर लौट आया था।

दीवाली की छुट्टियों में मैं अपने घर चला गया। लौटने पर स्टाफरूम में मेरे लिए जो चिट्ठियाँ थीं उनमें एक ग्रीटिंग कार्ड उनका भी था। ग्रीटिंग कार्ड के एक हिस्से में रवीन्द्रनाथ ठाकुर की कविता को काली स्याही के फाउण्टेन पेन से लिखा गया था। कविता के पड़ोस में कुछ आत्मीय पंक्तियाँ थीं। कम शब्दों में बहुत ज्यादा व्यक्त करती हुई पंक्तियाँ। बाद में मैंने यह भी जाना था कि वे उन लोगों में आती हैं जो अपने आपको अच्छी तरह व्यक्त करना जानते हैं। जिनके साथ भाषा की सीमाओं का ध्यान बना रहता है। जो बोलने और चुप रहने के बीच सन्तुलन बनाये रखते हैं। साल के आखिरी दिनों तक आते-आते मैं अपनी खाली शामों को उनके घर पर बिताने लगा। मैं शाम की प्रतीक्षा करता। मैं बस की प्रतीक्षा करता। मैं उनके घर के आ जाने की प्रतीक्षा करता। पहली बार ही मेरे अपने जीवन में प्रतीक्षा ने ऐसी जगह पायी थी और मैं प्रतीक्षा को, प्रतीक्षा की पीड़ा को पहचान रहा था। एकदम शुरुआत के दिनों में उनके साथ अपने संवादों के वक्त मेरे मन में एक तरह का संकोच, एक तरह का सन्ताप रहा करता था। ऐसा शायद यह जानकर भी होता रहा होगा कि उनके तलाकशुदा होने के बारे में मैंने स्कूल के अध्यापकों से सुन रखा था। वे उम्र में मुझसे चार-पाँच बरस बड़ी थीं और उन्होंने बहुत कुछ देखा था और जिया था। उनके जीवन के शुरुआत के सत्ताइस बरस गाँधी जी के भक्तों के बीच बीते थे और उन भक्तों में उनके माता-पिता शामिल थे। जब उनके पिता ग्रामीणों के स्वास्थ्य पर अपनी किताब तैयार कर रहे थे तब ये अपने पिता के साथ गाँव-दर-गाँव घूमती रहती थीं। बहुत कम

उम्र में उन्होंने गाँव की गरीबी को बहुत करीब से देखा था।

हम दोनों उनकी बैठक में देर-देर तक न जाने कैसे-कैसे विषयों पर कितनी-कितनी बातें करते रहते। उन शामों में ही मैंने संवाद को काम की तरह जाना था। उनकी बातों से समझ में आता रहता कि उन्होंने बहुत कुछ पढ़ा है, समझा और सोचा है। वे धीरे-धीरे और धीमी आवाज में बोलती थीं और बोलने से ज्यादा सुना करती थीं। मैं आज सोचता हूँ कि मैं उन दिनों में उन सब विषयों पर क्या-क्या बोलता रहा होऊँगा जिन पर आज भी, अपनी पचपन बरस की उम्र में थोड़ी सी गम्भीरता के साथ नहीं बोल सकता हूँ। पर मुझे याद नहीं आता है कि कभी भी उन्होंने मुझे मेरे कम जानने, गलत जानने का थोड़ा-सा भी आभास अपनी तरफ से दिया था।

उनसे पहचान के बाद मेरा वक्त सहजता से बीतने लगा। मेरे लिए उस छोटे शहर के दिन सहनीय होने लगे। किसी गहरी पहचान से जन्म लेने वाली एक निजी दुनिया मेरे भीतर पलने और बढ़ने लगी। उस उम्र में यह सब सुख का आना था और सन्ताप का जाना। वे कभी-कभी अपने खाली वक्त में मेरे स्कूल में चली आतीं और मेरा पीरियड न होने पर मैं उनके साथ पड़ोस के रेस्तरां में चला जाता। यह वह समय था जब उस शहर में गर्मियों की शुरुआत की धूल उड़ने लगी थी, हवाएँ चलने लगी थीं और पेड़ों से पत्ते झरने लगे थे। अब मैं शहर की सड़कों, पहाड़ियों, पेड़ों, इमारतों और गलियों से जुड़ने लगा। उनका मकान गली के अन्तिम सिरे पर था और उसके सामने गुलमोहर का पेड़।

गर्मियाँ आयीं और हम दोनों के ही स्कूल सुबह लगने लगे। परीक्षाएँ करीब खड़ी थीं और स्कूल में ज्यादा देर नहीं रहना पड़ता था। मैं स्कूल का अपना पूरा काम करता और दुपहर में वहाँ से निकल जाता। यह कुछ अध्यापकों को अखरने लगा। उनमें वे ही अध्यापक थे जिन्हें माँ ने मेरी देखभाल के लिए कहा था। उनकी शिकायतों का सिलसिला कुछ इतना बड़ा कि उनमें से दो-तीन लोग एक दिन मेरे घर पर ही आ गये। मुझे उनका घर पर आना नहीं, उस लड़की के बारे में अनाप-शनाप बातें करना अच्छा नहीं लगा। वे तीनों बूढ़े हो रहे थे लेकिन उनकी समझ और संवेदना का स्तर उनकी उम्र को शोभा नहीं देता था। मैं उन लोगों की बातों को सुनता रहा। मैं आज सोचता हूँ कि मुझे उन लोगों की घटिया और घिनौनी बातों से अपनी असहमति को तभी व्यक्त करना था। तब मैं ऐसा कर लेता तो बाद के दिनों में मेरे साथ वह सब घटता ही नहीं।

मार्च के एक रविवार की दुपहर में, होली के करीब खड़े एक दिन को, हम लोग उनके इलाके के एक पब्लिक पार्क में गये थे। मैंने पार्क के गेट से उनको उनकी बिटिया और नौकरानी को रिक्शे से उतरते हुए देखा था। उनकी गोद में बिटिया थी और नौकरानी के हाथों में एक बड़ा-सा थैला और चटाई। बरसों पुराने बरगद की छाया में हम लोगों ने अपना डेरा डाला। हमने अपना दुपहर का भोजन वहीं किया था

और बाद में नौकरानी और बिटिया आपस में खेलने लगे थे और हम दोनों ने अपने लिए शतरंज की बाजी बिछायी थी। गर्मियों की शुरुआत की दुपहरों में, किसी बरसों पुराने पेड़ के नीचे, एक लड़की के साथ शतरंज खेलते रहना। वह गहरी तसल्ली का वक्त था। मेरी तकदीर से बाहर निकलती तसल्ली। मैं अपनी इस तकदीर से, अपनी उस तसल्ली से कभी भी अलग न होने के स्वप्न को साथ लिए हुए अपनी अनाड़ी चालों को चल रहा था। तब मैं कहाँ जानता था कि तकदीर की अपनी चालें होती हैं, अपना चक्र। भाग्य का भँवर। जिस पर कभी भी भरोसा नहीं किया जा सकता।

हमारे आस-पास बरगद के सूखे पत्ते झरते रहे। हमारे आस-पास कितना कुछ झर रहा था कितना कुछ घट रहा था। उन्होंने मार्च के आकाश की तरफ देखा और किसी पक्षी को देखकर कहा था—

''हम छुट्टियों में नागझिरा चलेंगे...वहाँ छोटी-सी सैक्टयूरी है...उसके करीब ही तिब्बती शरणार्थियों की बस्ती भी है... ।''

''रिजल्ट के बाद मैं घर जाऊँगा।''

''मैं तो भूल ही गयी... ।''

''आप कुछ कह रही थीं।''

''क्या आप मेरी बात सुनेंगे।''

''आप पहले कहिये तो सही... ।''

''आप अपनी छुट्टियाँ यहीं क्यों नहीं बिताते...माँ को यहीं बुलाया जा सकता है...मेरे घर में दो कमरे खाली रहते हैं...आपकी माँ मेरे यहाँ भी रह सकती हैं...''

''इससे आपको तकलीफ नहीं होगी।''

''आपके लिए यह सब करना अच्छा लगेगा... ।''

तब मैंने उनकी आँखों में उस चीज की चमक को देखा था जो जीवन में चमत्कार की तरह उतरती है। सृष्टि का अपना स्वप्न जो उसके बच्चों की आँखों में उतरता है और किसी के लिए गर्मियों की एक साधारण-सी दुपहर, अपने आखिरी दिन तक के लिए अविस्मरणीय हो जाती है। क्या मैं उस दुपहर के एक भी डिटेल को कभी भी भूल सकूँगा? हमारे सामने शतरंज के मोहरे खड़े थे। हमारे पड़ोस के चौकोर चबूतरे पर उनकी नौकरानी और बिटिया खेल रहे थे। आकाश साफ था और बीच-बीच में कोई अकेला परिन्दा या परिन्दों का ग्रुप हमारे ऊपर से निकल जाता था। हम शाम की शुरुआत होने तक उस बरगद की छाया में बैठे रहे थे। बतियाते रहे थे। होली के पड़ोस की उस दुपहर में, बूढ़े बरगद की घनी और शान्त छाया में, हमारे बीच वह चीज चमकी थी जिसे हम दोनों ही बना रहे थे। उस चीज का बनना, उस चीज का गाढ़ा हो जाना तो मेरे लिए एकदम अप्रत्याशित अनुभव नहीं होता रहा था। अपनी तीस बरस की उम्र में मैंने पहली बार किसी के लिए अपने भीतर ऐसा कुछ, इतना कुछ

बनते हुए, पलते हुए देखा था। उस वक्त मैं इस बात को पहचान रहा था कि प्रेम किस तरह हमारे भीतर अपनी जगह बनाता है। हमारे भीतर बहने लगता है और हमें बहाने लगता है। उन दिनों में ही पहली और आखिरी बार मैंने ढाई अक्षर की महिमा और मर्म को महसूस किया था।

दूसरे दिन मैं स्कूल न जा सका। मैंने स्कूल में अपने अस्वस्थ होने के समाचार को फोन पर बताया और मुझे लगा कि प्रिंसिपल मुझ पर भरोसा नहीं कर रहे हैं। मुझे उनके भरोसा न करने से बुरा लगा। मैंने पहली बार इस तरह अचानक छुट्टी ली थी और वह भी पहले से सूचना देते हुए, उसके लिए खेद व्यक्त करते हुए। पर मैं स्कूल के बारे में, नहीं, अपने बसने वाले संसार के बारे में सोचना चाहता था। मैं सोचना नहीं, जीना चाहता था। उस सुबह के पहले की दुपहर जैसा जीवन जिसमें मैंने मटर-पुलाव के बाद गाजर का हलवा खाया था। मैंने सरसराती घास को छुआ था। आसमान की तरफ मुँह करके लेटा था और उन आँखों को देखा था जिसमें जीवन अपनी जीवन्तता और जादू के साथ पल रहा था। मैं उस जीवन, उस जीवन के स्रोत और सौन्दर्य के पास एक और बार लौटना चाह रहा था और बस में बैठकर मैं सुबह-सुबह ही उनके घर की तरफ निकला था।

मैंने बेल बजायी। दरवाजा खुलने में थोड़ी देर लगी। दरवाजे के खुलने पर पता चला कि वे नहा रही थीं। सुबह-सुबह और पहले से बताये बिना आने का संकोच मेरे साथ था। उन्होंने मुझे बैठने के लिए कहा मेरे हाथ में अखबार दिया और भीतर चली गयीं। उनके कैलेण्डर में साइबेरिया के सारस उड़ रहे थे। मुझे याद आया कि कल ही उन्होंने करीब की सैंक्टयूरी का जिक्र किया था। वहीं बैठे-बैठे मैंने सोचा था कि किसी दिन मैं उनके साथ भरतपुर जाऊँगा लेकिन तब तक मुझे क्या पता था कि आने वाले दिनों में कुछ होगा कि मैं उनके साथ फिर कभी भी और कहीं भी बाहर नहीं निकल सकूँगा।

वे चाय की ट्रे के साथ लौटीं। किसी ट्रेन के शहर से निकलने की आवाज आने लगी। ट्रेन की आवाज से ही शायद दूसरे कमरे में सोती उनकी बच्ची जागी होगी। वे वहाँ गयीं और उसे दुबारा सुलाकर लौट आयीं। वे बेंत की कुर्सी पर बैठे हुए अपने बालों को सुखाने लगीं। मैं उनके घने और काले बालों पर चलती उनकी अँगुलियों को देखता रहा।

"कल आपको बुरा तो नहीं लगा," उन्होंने पूछा।

"क्यों...ऐसी क्या बात हुई," मैं चौंका था।

"मुझे आपसे यहीं रहने का कहना नहीं चाहिए था...आप क्या सोचेंगे...आपकी माँ को कैसा लगेगा...।"

"मुझे आपका कहना अच्छा लगा...माँ का मुझ पर हमेशा विश्वास रहा है...वे मुझे जानती हैं...हम दोनों ने एक-दूसरे से कभी कुछ नहीं छिपाया है..."

“मैं भी आपसे कुछ नहीं छिपाना चाहती...”

“लेकिन आपने छिपाया है...”

“मैंने कहा कि मैं छिपाना नहीं चाहती...ऐसी बातें हो सकती हैं जिन पर आपसे बातचीत नहीं हुई होगी लेकिन ऐसा कुछ छिपाने का इरादा मैं नहीं रखती हूँ...”

“खैर छोड़िए...मैंने ऐसे ही कह दिया...शायद आपको अच्छा नहीं लगा होगा।”

“अब बात निकल गयी है तो उसे पूरी करनी चाहिए...मैंने आपसे क्या छिपाया है...”

उनके पूछने में कुछ था कि मुझे रुक जाना चाहिए था। मैं उस पीड़ा को उनके सामने, सुबह के उजाले में ले आने के लिए तैयार होने लगा। मैं अपने मन को साफ कर लेना चाहता था। मुझे उन अध्यापकों की बातों पर जरा भी भरोसा नहीं था लेकिन उनकी बातें आँख की किरकिरी की तरह मुझे कभी-कभी तकलीफ जरूर देती रही थीं। उनके चेहरे से लगा कि वे वहाँ नहीं हैं, वे कहीं जा रही हैं या कहीं से लौट रही हैं। तभी ऊपर से प्लेन के गुजरने की आवाज आयी और वे उसे देखने बाहर निकल गयीं। लौटने पर वे खुश थीं और मैं थोड़ा-सा बेचैन। उन्होंने हँसते हुए कहा–

“क्या आप डर रहे हैं...मैं आपको बहुत मानती हूँ...मुझे आप पर भरोसा है ...आपके मन में कुछ है तो आपको कहना चाहिए...”

“क्या मैं आप पर भरोसा कर सकता हूँ!”

“ऑफकोर्स...पर यह सवाल तो आपको खुद से करना चाहिए।”

“मैंने सुना है कि शादी के बाद आपका किसी से अफेयर था...वही आपके तलाक का कारण बना...आपके पति आप पर शक करते थे।”

“यह सच है...मेरे पति मुझ पर शक करने लगे थे...पर मेरे अफेयर की बात सच नहीं है...”

“तब वे लोग ऐसी अफवाहें क्यों उड़ाते हैं!”

“यह तो आपको उनसे ही पूछना चाहिए।”

“उन लोगों ने ही मुझे बहुत कुछ बताया है...बार-बार बताया है...।”

“यह सब आपने कब सुना था?”

“बहुत पहले...आप उस दिन मेरे स्कूल आयी थीं...आपके जाने के बाद वे लोग आपकी बदनामी करते रहे थे...।”

“आपको मुझे यह सब पहले ही बताना चाहिए था...।”

“इससे क्या फर्क पड़ता है?”

“मुझे पड़ता है...मैं आप पर विश्वास करती थी...।”

“तो अब ऐसा क्या हो गया है?”

“आप भी वैसे ही निकले...पर आपने यह अच्छा किया कि अपने मन की बात कह डाली...इसके लिए मैं आपकी आभारी रहूँगी...”

"आप मुझे गलत समझ रही हैं।"

"मैं आपको गलत समझ रही थी..."

उसके बाद मैं उन सब बातों को दुहराने लगा जिन्हें मैंने अपने स्कूल के अध्यापकों से सुना था। मैं भटकने लगा। मैं भूलने लगा। मैं बहता गया। वे चुपचाप सुनती रहीं। वे शायद अपने आपको बचाना ही नहीं चाह रही थीं। मेरी चढ़ती-उतरती आवाजों से बच्ची जागी होगी। उनकी बिटिया रो रही थी। वे उसके पास गयीं। मैंने उठते हुए कहा--

"मैं थोड़ी देर के बाद आता हूँ।"

"अभी मत आइएगा...मुझे बाहर जाना है..।"

"मुझे आपसे कुछ कहना है...वह मेरे लिए बहुत जरूरी है।"

"अभी आपका मन अशान्त है...फिर मैं इन बातों को सुनती रही हूँ...मैं आपके सन्देह को दूर भी नहीं कर सकूँगी..."

"लेकिन मैं आप पर शक कहाँ कर रहा हूँ।"

"आप विश्वास भी कहाँ कर रहे हैं!"

"मैं सिर्फ जानना चाहता था कि सच क्या है..."

"ऐसा था तो आप मुझसे सीधे ही पूछ लेते...मैं आपको सब कुछ बताती.... खैर..."

"अब क्या हो गया है...जो सच है उसे अब भी बताया जा सकता है।"

"अब आपको बताने का मन नहीं हो रहा है...शायद फिर कभी बता पाऊँगी ...लेकिन अब इन बातों का अर्थ ही क्या रहेगा..."

"मैं अभी सुनना चाहता हूँ, मेरे लिए वह सब जरूरी है..."

"इस वक्त मुझे माफ करना...बिटिया उठने ही वाली है...मुझे जाना भी है..."

उनकी टूटती आवाज में यह था भी कि अब इन सबका कोई अर्थ भी नहीं रह गया है। वे मुझसे बुरी तरह निराश जान पड़ रही थीं। वह हमारे बीच की उम्मीदों के अन्त के क्षण रहे होंगे। उन सब चीजों के अन्त का वक्त जिसकी शुरुआत सर्दियों की एक दुपहर में उस शहर के इंस्टीट्यूट ऑफ साइन्स की लाल इमारत के भीतर हुई थी। उनके घर से निकलने के बाद मैं तालाब के किनारे की अपनी जगह पर चला गया। सीढ़ियों पर बैठे हुए मैं सुबह की घटना पर लौटता रहा। मुझमें उनके साथ बीते हुए दिनों का मर्म और ममत्व लौटता रहा। मैंने यह भी सोचा कि उन्होंने मेरे लिए कितना कुछ किया था और मैं इस तरह उनके दुःख का कारण बन रहा था। मार्च का वह समूचा दिन मेरे लिए पश्चात्ताप और प्रतीक्षा का दिन रहा। वह मेरे जीवन का कठिन दिन था। एक तरह से मेरे जीवन का नंगा, निर्लज्ज और निर्णायक दिन। मुझे मेरी नीचता, निष्ठुरता और नियति से जोड़ता हुआ एक कस्बाती दिन।

उस रात मैंने सुबह के होने की जैसी व्याकुलता और अधीरता के साथ प्रतीक्षा की थी वैसी प्रतीक्षा न उस दिन के पहले कभी की होगी और न ही बाद में। स्कूल में थोड़ी देर के लिए ठहरकर, मैं पहली बार ऑटो से उनके घर गया था। स्कूल से निकलते वक्त वहाँ की घड़ी में नौ बज रहे थे। उनके घर की बेल बजाने के पहले मैं कुछ देर तक उन बातों को दुहरा लेना चाह रहा था जिन्हें मैं सुबह से दुहराता रहा था। तभी मुझे खिड़की से बेंत की कुर्सी पर बैठा हुआ उनका चेहरा नजर आया। वे लगातार अपनी खुली और खाली आँखों से बाहर की तरफ देख रही थीं। उनके चेहरे पर, उनके देखने में कुछ था जिसने मुझे डरा दिया था। मैंने तब तक किसी मृत व्यक्ति का भी इतना ज्यादा मरा हुआ चेहरा नहीं देखा था। मैं न चाहते हुए भी, बिना उनके घर की बेल दबाए, उनकी दहलीज से ही लौट आया। उनका वह चेहरा, उनका वैसा चेहरा मेरे साथ दिन-दिन तक बना रहा। मैं स्कूल लौटा और वहाँ की लाइब्रेरी में बैठकर मैंने उन्हें पहला पत्र लिखा। फिर कुछ दिनों तक मैं उन्हें रोज ही पत्र लिखता रहा। कभी उनमें से एक का भी जवाब नहीं आया। मार्च के आखिरी दिनों में, उनकी नौकरानी ने स्कूल में आकर मुझे एक लिफाफा दिया था। उसमें मेरी सारी चिट्ठियाँ, बिना खुले हुए थीं। स्कूल की टेरेस पर अपनी उन चिट्ठियों को फाड़ते हुए मैं उस व्यक्ति को याद करता रहा था जिससे मैंने कितना कुछ पाया था और जिसके साथ मैंने कुछ पुरानी और पवित्र चीजों को पहचाना था। प्रेम और उसकी पीड़ा को मैं कभी पहचान नहीं पाता अगर मैंने उस प्रवास के कुछ दिन उनके साथ न बिताए होते। क्या वे कुछ दिन मेरे जीवित रहते हुए, मेरे लिए कभी भी बीत सकेंगे? क्या ऐसे दिन किसी के लिए भी कभी भी बीत पाते होंगे?

दुपहर

मैंने रेस्तरां की खिड़की से उसे स्कूटर रखते हुए देखा। जहाँ वह स्कूटर खड़ा कर रहा था वहाँ फेंस थी और बारिश के बाद उग आयी जंगली झाड़ियाँ। रेस्तरां के काँच से हमारे शहर का बहुत पुराना गिरजाघर भी नजर आता था। एक हाथ में हैलमेट लिए हुए वह गुमटी की तरफ बढ़ गया। वह सिगरेट पीते हुए खड़ा था। मुझे लगा कि अब उसमें पुराने दिनों की अधीरता, प्रेम के दिनों की प्रतीक्षा, एक किस्म का उजला उतावलापन नहीं रहा है। उसने इत्मीनान के साथ इन्तजार करना सीख लिया है। यह समय का सच है। यही समय की सीख है। समय कभी हमें अधीरता से भर देता है तो वह कभी हमें धीरता देता है। गम्भीरता भी। मैं समय के बारे में सोच रही थी। वह सिगरेट पी रहा था। उसे ग्यारह बजे यहाँ आना था और इस वक्त साढ़े ग्यारह बज रहे हैं। वह पहले भी वक्त पर कभी नहीं आता था।

"मुझे थोड़ी देर हो गयी," उसने बैठते हुए कहा।

"मैंने तुम्हारे आने की उम्मीद ही छोड़ दी थी।"

"क्यों?"

"फोन पर तुम्हारी आवाज में जरा-सी भी पहचान नहीं थी।"

"मैं कॉलेज के लिए निकल रहा था...माँ को सुबह की टेबलेट देनी थी...मैंने सोचा कि तुम बम्बई से बोल रही हो....।"

यह सब चार साल पहले घटा होता तो वह कहता कि 'तुम इतने सन्देहों से क्यों घिरी रहती हो' या 'तुम किसी पर विश्वास करना कब शुरू करोगी' या 'किसी भी सम्बन्ध का आधार सन्देह हो ही नहीं सकता।' उसने सिगरेट सुलगायी और बैरे को बुलाया। उसने अपने लिए कटलेट और मेरे लिए फ्रेंच टोस्ट का आर्डर दिया।

"तुमने अभी-अभी सिगरेट पी है।"

"कॉलेज में पी नहीं पाता...घर में माँ की साँस की तकलीफ से पीना नहीं हो सकता...इसलिए बाहर ही पी लेता हूँ...बिटिया कैसी है..."

"तुमने मेरे बारे में नहीं पूछा...मेरी चिट्ठियों का जवाब नहीं दिया...सुबह फोन पर भी अजनबी-सा व्यवहार था...क्या मुझसे इतना ज्यादा नाराज हो।"

वह धीरे-धीरे मुस्कुराने लगा। शायद उसे पिछला कुछ याद आया होगा। पुराने

दिनों की कोई बात। हमारे प्रेम के दिनों की कोई पीड़ा। उन बरसों का कोई सवाल या सन्ताप या सुख।

"तुम्हारी चिट्ठियाँ मिलती रही थीं...समझ में नहीं आता कि क्या उत्तर लिखना चाहिए...।"

"यही बात लिख सकते थे...खैर...तुम्हारे क्या हाल हैं?"

"बाबा के गुजरते ही माँ की बीमारी शुरू हो गयी...अब बिस्तर पर ही रहती है...आजकल शाम का खाना मैं ही बनाता हूँ।"

"क्या बात है...आज रात का खाना तुम्हारे यहाँ ही खाऊँगी।"

"कबीर और बिटिया को भी ले आना।"

"मैं अकेली ही आयी हूँ।"

उसके कटलेट खाते हुए हाथ रुक गये। वह बहुत जल्दी ही बहुत ज्यादा घबरा जाता था। छोटी-छोटी, मामूली बातें भी उसकी बेचैनी को बढ़ा जाती थीं। वह अब भी शायद उतना ही सहमा-सा, डरा-डरा-सा रहता है। पिछले बरसों में उसका गेहुआँ रंग थोड़ा-सा उड़ गया है। उसके बाल झरने लगे हैं। उसने इस बारिश में पैंतीस साल पार किये हैं। अब उसकी आवाज बीच-बीच में टूट जाती है।

"तुम शायद अचानक आ गयीं।"

"अब मैं यहीं रहूँगी...बिटिया को लाने के लिए एक बार बम्बई जाऊँगी...।"

"तुम लोगों ने अलग हो जाने का फैसला कर लिया है।"

"मैंने कर लिया है...कबीर नहीं चाहते हैं...बिटिया के बड़े होने तक रुकने की कह रहे हैं...।"

"क्या दूसरा कोई रास्ता नहीं बचा है?"

"मैं रास्तों के ही बारे में सोचती रही थी...तुम्हारे सुझाव भी माँगे थे...तुमने पत्रों का जवाब ही नहीं दिया।"

"तुम्हारे भैया क्या कहते हैं?"

"उनका कहना है कि मुझे धीरज रखना चाहिए...और कोशिश करनी चाहिए ...पर मैं थक गयी हूँ...मुझसे और ज्यादा सहा नहीं जाता...तुम्हें क्या लगता है?"

"तुम्हारे अपने फैसले का ही अर्थ है...दूसरे लोग तुम्हारी तकलीफ को कितना समझ पायेंगे?"

"तुम मेरे लिए दूसरे नहीं हो।"

मेरी इस बात को सुनते ही उसने पहली बार मेरी तरफ इतनी देर तक देखा। इन निगाहों में पुरानी पहचान का प्रकाश था। पुराने दिनों की याद से बाहर आती आत्मीयता और अवसाद। पहचान के वे पल कुछ क्षणों तक ही रहे। पुराने और पहले प्रेम का प्रकाश खोने लगा।

"मैं अच्छी तरह जान चुका हूँ कि तुम्हारे लिए मैं कौन हूँ...।"

“मैं जानती हूँ कि तुम मुझसे बहुत ज्यादा नाराज हो... ।”

“मुझे तुमसे कोई शिकायत नहीं है...मुझे अपने आप पर गुस्सा आता है...अपने इतने ज्यादा सेण्टीमेण्टल होने से चिढ़ होती है। ”

“मुझसे भूल हुई थी...लेकिन उस वक्त तुम भी खामोश खड़े रहे...तुम्हें कुछ तो कहना चाहिए था। उस वक्त की तुम्हारी चुप्पी...तुम्हारी उदासीनता ने ही मुझे वैसा फैसला लेने पर मजबूर किया था।”

“अब इन बातों का क्या अर्थ है?”

“मेरे लिए है...मैं इस वक्त और किसके पास मदद के लिए जाऊँगी।”

“मैं तुम्हारी क्या मदद कर सकता हूँ?”

“हम लोग पहले की तरह दुख-सुख तो बाँट सकते हैं।”

“मैंने बड़ी मुश्किल से अपने आपको उन दिनों से बाहर निकाला है। सिर्फ मैं जानता हूँ उस वक्त की अपनी पीड़ा को।”

वह धीरे-धीरे धीमी आवाज में, अपने उन दिनों के बारे में बताने लगा जो उसने मेरे विवाह हो जाने, बम्बई चले जाने के बाद गुजारे थे। वे उसके अवसाद से भरे हुए, असहनीय और अराजक दिन थे। उसे अधूरा और अकेला करते हुए भयावह और कठिन दिन।

“तुम बोलते-बोलते रुक क्यों गये?”

“उन दिनों को याद करने से भी तकलीफ होती है। फिर अब वहाँ लौटने की जरूरत भी क्या है? अब उन सब बातों का क्या मतलब है?”

“मेरे लिए है।”

“इससे तुम्हारी भी परेशानियाँ बढ़ेंगी। वैसे ही तुम कम तकलीफें नहीं झेल रही हो।”

“ऐसा सोचते हो तो मेरी मदद क्यों नहीं करना चाहते?”

“तुम्हारा बहुत नाजुक मामला है। तुम्हारे सामने पूरी जिन्दगी पड़ी है। फिर बिटिया का क्या होगा?”

“इसलिए मुझे बम्बई लौट जाना चाहिए। दिन-रात रोते-रोते गुजारना चाहिए। सब कुछ सहना चाहिए।”

“तुम्हें क्या करना चाहिए तुमसे ज्यादा कौन जानेगा? तुमने हमेशा सोचा है। तुम्हें अभी भी सोचना चाहिए।”

“लेकिन तुम मेरी तकलीफों के बारे में कुछ नहीं सोचना चाहते।”

“कभी सिर्फ तुम्हारे बारे में ही सोचा करता था...उससे क्या मिला? मैं किसी पर भी भरोसा करने के काबिल नहीं रहा। मैं बुरी तरह टूट गया।”

“क्या मैं नहीं समझती कि तुमने कितना सहा है...क्या मैं खुद सुखी रही हूँ।”

“उन दिनों न जाने तुम पर कौन-सा पागलपन सवार था।”

“कभी-कभी आदमी भटक जाता है। वह सब कुछ भूल जाता है और यह भी

तो जीवन ही है। मैंने तुम्हें पत्रों में कितना कुछ लिखा था। तुमने एक भी चिट्ठी का जवाब नहीं दिया।''

''मैं क्या लिखता?''

''वह सब जो तुम्हारे मन में आता था।''

''उससे तुम्हें दुख मिलता।''

''और तुम्हारे न लिखने से क्या हुआ?''

मुझे याद आया कि मैं कितनी व्याकुलता के साथ अपने विषाद के बीचोंबीच खड़ी उसकी चिट्ठियों के लिए पोस्टमैन की प्रतीक्षा किया करती थी। पोस्टमैन हमारे घर की दहलीज तक आता भी था लेकिन उसके हाथ में कबीर के लिए पत्रिकाएँ रहतीं, कबीर के लिए चिट्ठियाँ। कभी-कभार मेरे लिए भैया की चिट्ठी आती और उसमें भगवान पर भरोसा रखने, धीरता से काम लेने-जैसी पुरानी, परिचित और पुरखों से चली आ रही हिदायतों का जिक्र रहता।

''तुम भी यही सोचते हो कि मुझे समझौता करना चाहिए। सहनशीलता से काम लेना चाहिए।''

''मैंने कहा न कि यह तुम्हें सोचना है और तुम्हारे ही सोचने का अर्थ भी है।''

मैं उसकी संशय और सन्ताप में डूबी आधी-अधूरी, टूटी-बिखरी बातों को उसकी लड़ती-झगड़ती आवाज में सुनती रही। उसकी बनती-बिगड़ती बातों से मुझे हमारे कॉलेज के दिनों के प्रेम और उसके पागलपन के दिनों की लम्बी बातचीत और बहसों की दुपहरों की यादें घेरने लगीं। इस वक्त चार-पाँच बरसों पहले बीते वे दिन ही मुझे कितने ज्यादा पुराने कितने ज्यादा प्रौढ़ और कितने ज्यादा पराए महसूस हो रहे हैं।

''मैं सोचती हूँ कि हमें कोशिश करनी चाहिए।''

''कैसी कोशिश?'' वह चौंक गया।

''हमारे बीच के पुराने दिनों को लौटाने के लिए।''

''अब वे दिन कभी नहीं लौटेंगे।''

''यह सब हमारी कोशिशों पर निर्भर करेगा।''

''फिर भी वे दिन उसी तरह नहीं लौट सकते। न तुम वैसी रह गयी हो और, और न मैं। हमारे आसपास का भी बहुत कुछ बदल गया है।''

''शायद तुम ठीक कह रहे हो। हमारे बाहर और भीतर का बहुत कुछ बुरी तरह बदल गया है।''

''वैसे भी अतीत वर्तमान की धूल में लिथड़ा हुआ लौटता है।''

''तुम्हें याद है जब तुमने वर्जिनिया वुल्फ के उस उपन्यास को पहली बार पढ़ा था?''

वह बारिश की दुपहर थी। हम दोनों रीडिंग रूम से बाहर निकलकर लाइब्रेरी के गलियारे में खड़े थे। वह उस उपन्यास के कुछ अद्‌भुत और युवा पात्रों के बारे में,

उसके लिखे जाने की निराली शैली के बारे में कहता रहा था। उस समय हम दोनों ही तरह-तरह की पुस्तकें पढ़ा करते थे। उन पुस्तकों पर बातचीत किया करते थे। मैंने बहुत दिनों से कुछ भी नहीं पढ़ा है। वह शायद अब भी उसी तरह पढ़ता रहता होगा।

"आजकल क्या पढ़ रहे हो?"

"बीच-बीच में माँ को महाभारत पढ़कर सुनाता रहता हूँ। शाम को ही वक्त मिलता है। मैं धीरे-धीरे पढ़ने लगा हूँ।"

"तुम धीरे-धीरे ही बोलने भी लगे हो।"

"अब किसी से वैसी बातचीत कहाँ होती है? तुम थीं तो वक्त का पता ही नहीं चलता था।"

"अब सब वैसा ही होने लगेगा। मैंने वहाँ की सेकेण्ड हैण्ड किताबों की दुकान से कुछ अच्छी किताबें खरीदी हैं। फुटपाथ की उन दुकानों के बीच तुम्हारी यादें बनी रहती थीं।"

"पहली बार हम लाइब्रेरी ही में मिले थे। तुम लेवीस्त्रॉस की पुस्तक लौटा रही थीं।"

"तब मैं लेवीस्त्रॉस को जानता भी नहीं था। तुम्हारे बारे में थोड़ा-बहुत मालूम था। हमारे सोशियोलॉजी के टीचर तुम्हारी प्रशंसा किया करते थे।"

"वे बाबा के दोस्त थे। कभी-कभी घर आते थे। उन्होंने ही मुझे इंग्लिश लिटरेचर लेने के लिए कहा था।"

"लिटरेचर मेरा विषय न होता तो हमारी कभी मुलाकात ही नहीं होती। तुम बहुत सीरियस और ब्रिलियण्ट थीं। मैं शुरुआत में तुमसे डरता था।"

"तुम अब भी मुझसे डरते हो?"

वह हँस रहा था। हमारे बीच तनाव का तापमान कम हो रहा था। मेरी तकलीफ घटने लगी। मेरी तसल्ली बढ़ने लगी।

बैरा हमारे लिए कोल्ड कॉफी के गिलास रख गया। वह रूमाल से अपना चश्मा साफ करने लगा। गिरजे पर सितम्बर की धूप चढ़ रही थी।

सितम्बर की इस दुपहर में मैं अपने छूटे हुए, बिखरे हुए जीवन को समेटना चाह रही थी। मैं अपनी जिन्दगी को पकड़ना, उसकी सम्भावनाओं को छूना चाह रही थी। जीने की तरफ लौटने, अपनी तरफ मुड़ने की गहरी लालसा को मैंने अपने भीतर जन्म लेते हुए महसूस किया।

मैं एक और दोस्ताना दुपहर के बीच, हमारी पुरानी और परिचित दुपहरों को जीने लगी थी। मेरे भीतर जीवन लौट रहा था। मेरे बाहर जीवन दौड़ रहा था। मैं खुद को पढ़ रही थी। मैं स्वयं को गढ़ रही थी।

शाम

क्या इस व्याकुलता का कोई अन्त भी होगा? कोई ऐसा बिरला शान्त और उजला क्षण होगा जब मेरे भीतर वैसी बेचैनी, विवशता, प्रतीक्षा और अधीरता नहीं होगी जैसे मेरे भीतर इस वक्त बनी हुई है। जैसी हर वक्त मेरे भीतर बनी-बसी रहती है। मेरे होने के साथ किसी और का निरन्तर होना। किसी के न होने से अपना न होना। एक तरह का अभाव जो फैलता जाता है, गहराता जाता है। मेरे पड़ोस के तालाब पर फैलते अँधेरे की तरह। कला अकादेमी की दीवारों, सीढ़ियों, छत और चबूतरों पर जनवरी की रात का अँधेरा उतर चुका है।

क्या वह आज भी नहीं आएगी और मैं उसके न आने तक कल-परसों की तरह, तरह-तरह की आशंकाओं से घिरता चला जाऊँगा। एक तरह की हताशा मेरे अस्तित्व की जड़ों तक उतर रही है। ऐसा क्यों हो जाता है? किसी का इस तरह आदी हो जाना। किसी के अभाव को निरन्तरता, निराशा और निर्लज्जता से महसूस करते हुए अपने जीवन से, उसकी दूसरी जड़ों और जगहों से बुरी तरह कट जाना। मुझे प्रेम में उतरने के बाद की इस पागल और पीली पीड़ा का हल्का-सा भी अनुभव होता तो मैं इस नर्क में उतरता ही नहीं। ऐसे पश्चात्ताप से गुजरता ही नहीं। तब मैं कला अकादेमी की छत की मुँडेर पर बैठा उसका इन्तजार नहीं कर रहा होता। तब मेरी दफ्तर के काम से थकी हुई देह घर के दीवान पर होती, जहाँ जनवरी की ठण्डी हवाएँ नहीं होतीं। बीच-बीच में बुआ के हाथ की चाय मिलती रहती।

मुझे नहीं लगता कि प्रेम में सिर्फ एक व्यक्ति की कोशिश और कशिश उसे ज्यादा देर तक जीवित रख सकती है। कोई भी प्रेम शायद पारस्परिक प्रयत्नों से ही पनप सकता है। पल सकता है। वह कैसे एक ही व्यक्ति की पीड़ा, एक ही व्यक्ति के प्रयत्नों से अपनी सहजता के साथ जन्म ले सकता है? शुरुआत में ऐसा नहीं था। वह गर्मियों की तपती दुपहरी में, मूसलाधार बारिशों की शामों में भी बताए वक्त पर निर्धारित जगहों पर आती रही थी। हम कितनी अलग-अलग जगहों पर, कितने अलग-अलग समय में मिला करते थे। कभी-कभार उसे उस इलाके में आना पड़ता जहाँ वह अपनी अट्ठाइस बरस की जिन्दगी में कभी नहीं गयी थी। मैं एक शाम पुराने शहर के रुक्मणी मन्दिर में उसकी प्रतीक्षा करता रहा था और उसी वक्त वह महादेव

के मन्दिर में मेरी प्रतीक्षा करती रही थी। दोनों मन्दिर एक-दूसरे के पड़ोस में थे और मुझसे भूल हुई थी।

बारिश में हम उर्दू पार्क में बनी मुस्लिम लाइब्रेरी के करीब मिलने लगे थे। पार्क की फेंस को शीशम और आम के पेड़ों ने घेर रखा था और वहीं एक छोटी-सी गोल इमारत थी जहाँ अंग्रेजों के जमाने में रविवार की शाम को पोलिस बैण्ड बजाया जाता था। उन शामों में वह अपने साथ थरमस में कॉफी ले आया करती थी और कभी-कभार उसकी माँ के हाथों बनी मठरियाँ। मैं इस वक्त थरमस से गिरती कॉफी को देख रहा हूँ। उसके हाथों में रंग-बिरंगी काँच की चूड़ियों को देख रहा हूँ। मैं उसको भीगते हुए, भीगने से बचते हुए देख रहा हूँ। मैं बाग और बारिश में बीते हुए अपने प्रेम को, अपने प्रेम के प्रवास को देख रहा हूँ।

मैं अब उसे फ़ोन नहीं करूँगा। मैं उससे तब ही मिलूँगा जब वह मुझसे खुद मिलना चाहेगी। मैं भ्रमों, भटकावों और भूलों के बीच नहीं भटकूँगा। यदि हमारे बीच पनपा प्रेम मर चुका है, अगर हमारे बीच का अनुराग और आकर्षण झर चुका है तब भी मैं उसे सुनना चाहूँगा, समझना चाहूँगा, सहना चाहूँगा। इतना तो मैं जान गया हूँ कि रिश्तों को किसी पर लादा नहीं जा सकता। रिश्तों को थोपते हुए हम भले ही बच जाएँ, लेकिन रिश्ते मर जाते हैं।

इतने दिनों में हम दोनों के भीतर इतना नैतिक साहस, इतना विश्वास तो जन्मना ही था कि हम एक दूसरे के सामने स्वयं को साफ कर सकें। स्वयं को स्पष्ट कर सकें। आखिर कितना कुछ मैं कहता रहा हूँ। कितना काम किया है मैंने अपने इस सम्बन्ध पर। फिर हम दोनों ही अट्ठाइस-उनतीस के हो रहे हैं और हमारे बीच इस उम्र की थोड़ी बहुत प्रौढ़ता, प्रखरता और प्रगल्भता भी तो होनी ही चाहिए। मुझे नहीं लगता कि हमारे बीच जन्मा इतना कुछ आसानी से समाप्त हो जाएगा।

कला अकादेमी की शाम की नियमित चहल-पहल शान्त हो चुकी है। संगीत, नृत्य और चित्रकला की कक्षाएँ खत्म हो चुकी हैं। लाइब्रेरी के गेट पर ताला टँगा है। रेस्तरां भी बन्द हो चुका है। चौकीदार अपना कोट पहन रहा है। कुछ देर के बाद वह अपनी छोटी-सी चौकी में अँगीठी जलाएगा, उसके पास बैठा हुआ अपना टिफिन खाएगा और उसके बाद गाँजा पीएगा। अपने अकेलेपन के इस नाजुक और निष्ठुर क्षणों में मुझे इस अधेड़ नेपाली चौकीदार का अकेला होकर अपने परिवार और परिवेश से अलग होना खटक रहा है।

अब वह नहीं आएगी। उसके पिता और भाई लौट चुके होंगे। उसे खाना बनाना होगा। अपनी छात्राओं के टेस्ट पेपर भी जाँचने होंगे। यह भी हो सकता है कि उसके पिता को अस्थमा का दौरा पड़ा हो। पर फोन पर उसने आने का ही कहा था। वह अपने स्कूल से बोल रही थीं इसलिए बहुत कम बात हुई थी। उसे छात्राओं के साथ रवीन्द्रनाथ की एक नृत्य नाटिका भी तैयार करनी थी, लेकिन तब वह न आने

का भी कह सकती थी। इतना तय है कि अब मैं फोन नहीं करूँगा। यह तीसरी शाम है जब मैं दफ्तर की थकान के बीच, जनवरी की सर्दियों में भूख-प्यास से बदहवास हुआ उसके आने की प्रतीक्षा कर रहा हूँ। आकाश का उजाला बढ़ रहा है। तालाब के किनारे खड़ा शहर जगमगा रहा है। आकाश और जमीन की रोशनियों के बीच खड़ा मैं अपने अकेले अँधेरे से गुज़र रहा हूँ।

सर्दियों की इस शाम में, मैं इस भय और आशंका से भी ठिठुर रहा हूँ कि कहीं उसकी मुझमें दिलचस्पी तो बुझने नहीं लगी है? वह चीज, वह एक अदृश्य-सा, अमूर्त-सा अहसास कहीं धूमिल और धुँधला तो नहीं होता जा रहा है जो हमारे बीच रहता आया है। मैं उसके साथ ही नहीं, उसकी अनुपस्थिति में भी उस अहसास के साथ रहता आया हूँ। मैंने कितनी बार पेड़ों की सरसराहट के बीच से उस अहसास को अपने भीतर लौटते हुए महसूस किया है। कई बार वह अहसास मुझमें परिन्दों को लौटते हुए देखने से आया है। मैंने उस अहसास को उसकी चूड़ियों में देखा है। उसकी दो चोटियों में भी। कभी वह मुझे उसके माथे की बिन्दी पर नज़र आया है तो कभी उसकी मोतियों की माला में। यह विश्वास के अन्त की व्याकुलता है। यह आशंका से झरता अवसाद है। यह प्रेम के पीले पड़ जाने, सूख जाने की विडम्बना है।

वह मकर-संक्रान्ति की शाम थी। सर्दियों के आकाश में उड़ती-टूटती पतंगों की शाम। हम टाटा पारसी स्कूल के पड़ोस से गुजर रहे थे। हवाएँ कुछ तेज और तीखी थीं। उसका मन अशान्त था। वह कुछ उखड़ी-उखड़ी-सी थी। उलझी-उलझी-सी भी। हवाओं से उसके कानों पर साड़ी का पल्ला ठहर नहीं पा रहा था। मैंने उसे अपना मफलर देना चाहा। उसने मना कर दिया। मुझे अच्छा नहीं लगा। तालाब को पार करने तक हम खामोश बने हुए चलते रहे। फिर पुल का वह चौराहा आया जहाँ से हमें अलग होना था।

"बुरा नहीं मानना...आजकल मैं कुछ ज्यादा ही चिड़चिड़ी हो गयी हूँ।"

"ये शायद तुम्हारे पीरियड के दिन हैं...तुम्हें नहीं आना चाहिए था।"

"फिर क्या तुम आते?"

"मैं कैसे आता...तुम अच्छी तरह समझती हो..."

"ऐसा कब तक चलेगा।"

इतना कहकर वह अपनी सड़क से लौटने लगी। मैं उसे रोक रहा था। वह धीरे-धीरे रो रही थी। मैंने इतने दिनों में पहली बार उसे रोता हुआ पाया था। उस शाम उसके अन्दर कुछ घट रहा था। उसके भीतर कुछ पल रहा था। उसकी आत्मा में उतरती वह चीज उसके लिए भी नयी थी। नयी और निर्णायक कोई भावना जिससे उस शाम की हमारी नियति बँधी थी। वह उस तकलीफ को अपने भीतर के तल से बाहर ले आ पाती तो शायद उस तकलीफ को मैं भी देख पाता। उसे अँधेरे के क्षेत्र से उजाले के प्रदेश में ला पाता। उसी शाम उसने मेरे फोन करने पर रिसीवर पटक

दिया था।

उसके बाद हम 20 जनवरी को मिले थे। हमने उस शाम केलुचरण महापात्र का नृत्य साथ-साथ देखा था। टैगोर हाल से बाहर निकलने के बाद वह खामोश ही रही। मैं ही बोलता गया। तरह-तरह के तर्क गढ़ता गया। अपनी विवशताओं का विस्तार करता रहा। अपनी दो-दो बड़ी बहनों के विवाह न हो पाने, बुआ के बरसों बाद हमारे यहाँ लौट आने और माँ की लम्बी बीमारी, छोटी-बड़ी परेशानियों को व्यक्त करता रहा। उसकी निरन्तर खामोशी से हमारे बीच का तनाव जहाँ का तहाँ खड़ा रहा। उसका अवसाद मेरे लिए और अमूर्त होता गया। मैंने महसूस किया कि किसी की निरन्तर और निश्चित खामोशी उस व्यक्ति को हमारे लिए कितना अमूर्त, कितना अजनबी बना देती है।

वे मेरी व्यथा और व्याकुलता के धुँधला जाने, ढीली पड़ जाने के क्षण थे। उन क्षणों में मैंने हमारे बीच के प्रेम को किसी पक्षी की तरह छटपटाते हुए, मरते हुए देखा था। उस चीज़ के मरने की शुरुआत हो चुकी थी, जिसे पिछले महीनों में हमने बड़ी जतन और जिजीविषा के साथ अर्जित किया था। इस शुरुआत के बीज कहाँ थे? इस शुरुआत के शुरू का सिरा कहाँ है? मेरे अन्दर कुछ टूट रहा था, तड़क रहा था लेकिन वह खामोश बनी हुई चलती रही थी।

हमारे बीच लगाव की जगह तनाव था। भाषा की जगह निराशा। संवाद की जगह सन्ताप। हमारे साथ कहीं पहुँचने की लालसा की जगह कहीं से लौटने की थकान थी। तब मैंने बचपन के घर के बरामदे में मछलीघर की सतह पर मृत पड़ी मछली को याद किया। मृत चीज़ों की अपनी पहचान, अपनी पीड़ा और परिवेश का लौटना, उन पेड़ों की सरसराहट का लौटना भी रहा, जिनके नीचे हम बतियाते रहते थे और हमारे सामने से परिन्दे अपने घर से निकलते थे। प्रेम अपने साथ-साथ कितना कुछ लाता है और अपने पीछे कितना कुछ छोड़ जाता है। उस शाम की उसकी आधी-अधूरी, औपचारिक और अनगढ़ बातों में उसके पिता के असहनीय अस्थमा के दौरों का जिक्र था। पर सिर्फ जिक्र। उसने उनके इलाज और उसमें अपनी हिस्सेदारी के बारे में कुछ नहीं कहा था और उसके पहले तक वह एक-एक डिटेल बताती आई थी। वह मुझसे बोल रही थी लेकिन मुझसे बोल नहीं भी रही थी। कुछ वाक्य थे जो बार-बार ही उसके मुँह से बाहर आ रहे थे। अपने में स्वतंत्र अलग-थलग और कटे हुए, लेकिन कुछ दूसरी, ज़रूरी बातों को काटते हुए। एम्प्रेस मील की पुरानी, बड़ी और सफेद दीवार को देखते हुए मैंने सोचा था कि हमारे बीच में कुछ निर्णायक, निराशाजनक और नया उतरने लगा है।

हमारी आखिरी मुलाकात वैसी बंजर और बदसूरत रही और पिछली तीन शामों से वह आई ही नहीं है। अब वह शायद ही कभी मुझसे मिलने आएगी। अब वह सब कभी नहीं आएगा जो उसके आने से मेरे पास आया करता था। एक तरह की

तसल्ली। एक किस्म की तमन्ना। एक प्रकार की सान्त्वना। एक सच्चा सौन्दर्य, जो अपने साथ सुख और स्वप्न से बना, एक सरल और तरल जीवित और जादुई संसार ले आता था। शामें ढलती रहेंगी। पेड़ सरसराते रहेंगे। परिन्दों का लौटना जारी रहेगा। तारों का काफिला बढ़ता रहेगा, लेकिन वह चीज़ अब शायद ही लौटेगी जिसके आलोक में, जिसकी आभा में मैं इन सब घटनाओं, इन सब चमत्कारों को देखा करता था।

इस वक्त मैं कितना कुछ सोच रहा हूँ। क्या-क्या नहीं सोच रहा हूँ। प्रेम के दिनों में आदमी एक तरह की धीरता, गम्भीरता और एकाग्रता से जुड़ ही जाता है। वह अपनी थकान को भूल जाता है। अपनी भूख और जनवरी की ठण्ड जो खुली छत की मुँडेर और तालाब के पड़ोस से असहनीय होती जा रही है। प्रेम में आदमी कितना बेबस हो सकता है। कितना बदहवास और बेचारा।

यह मैं क्या देख रहा हूँ। अकादेमी की बड़ी-सी दीवार पर एक स्त्री की छाया चढ़ रही है। किसी के सीढ़ियों पर चढ़ने और किसी के कपड़ों की सरसराने की आहटें। दीवार पर छाया फैल रही है। बढ़ रही है। क्या उसे चौकीदार ने आते हुए देखा होगा? वह इतनी रात गए अपने घर से कैसे निकल सकती है? तालाब में कुछ उछला है। मैं तालाब से दीवार पर लौटा हूँ और अब वहाँ कोई छाया नहीं है। क्या मैं किसी भ्रम में डूब रहा हूँ? पर मैंने गेट के खुलने की, किसी के पैरों के सीढ़ियों पर उतरने की और हवा में सरसराते कपड़ों की भी तो आवाजें सुनी हैं? यह भी हो सकता है कि वह किसी डर, आशंका या पश्चात्ताप के कारण पीछे मुड़ गयी होगी। मुझे चौकीदार की चौकी तक जाना चाहिए।

चौकीदार अपनी छोटी-सी चौकी पर, अपनी अँगीठी में हाथ सेंकता हुआ बैठा है। उसका नशा चढ़ चुका होगा। वह मेरे उस वक्त वहाँ होने से जरा-सा भी नहीं चौंका है। वह मेरे लिए इस तरह जगह बना रहा है कि जैसे उसे मेरे आने का इन्तजार ही था। उसने अपने साथ-साथ मेरे लिए भी बीड़ी जलाई है। इतने दिनों में वह मुझे थोड़ा-बहुत पहचानने लगा है। उसने कभी-कभी हमको यहाँ के रेस्तरां में, यहाँ की सीढ़ियों पर, यहाँ की गैलरी में साथ-साथ देखा है। मुझे ठण्ड में ठिठुरते हुए देखकर वह कह रहा है।

"तुम क्या छत पर बैठे थे...।"

"मुझे समय का ध्यान ही नहीं रहा।"

"मैं भी पहले उस मुँडेर पर घण्टों बैठकर तालाब और शहर को देखता रहता था...फिर एक दिन मुझे दीवार पर एक औरत का साया नज़र आया...वह साया सीढ़ियों पर चढ़ रहा था...उस दिन मैं बुरी तरह डर गया...बाद में मुझे किसी ने बताया कि यहाँ की सीढ़ियों पर कभी एक औरत की लाश मिली थी..."

"मुझे भी अभी-अभी लगा था कि एक छाया दीवार पर सरक रही है।"

"आपको भी वहम हुआ होगा...ज्यादा ठण्ड हो और पेट खाली हो तो ऐसा हो जाता है, मेरे पास मूँगफली बची है...आपको रास्ते में काम आएगी...आपके पास स्वेटर भी नहीं है।"

मैं गेट खोलकर बाहर आ गया हूँ। सड़क सूनी और ठण्डी है। जनवरी की रात के सौन्दर्य में डूबी हुई। आसमान कितना नीला है, कितना हरा-भरा और खिला-खिला। तारे एकदम मासूम बच्चों की तरह मुस्कराते जान पड़ रहे हैं। जनवरी की तारों की चमक, सर्दियों के तारों की मुस्कराहट से मुझे उसकी मुस्कराहट का ख्याल आने लगा है। उसकी मुस्कराहट जिससे मैं दूर जा रहा हूँ। जिसे मैं खो रहा हूँ। जिसे मैं चाह रहा हूँ।

रात

आज भी नींद टूट गयी। पिछली चार-पाँच रातों से ऐसा लगातार हो रहा है। रात के तीन बज रहे होते हैं और मेरी नींद उड़ जाती है। मैं खिड़की के पास आकर कुर्सी पर बैठ जाता हूँ। अपनी खिड़की के पास बैठा हुआ सिगरेट पर सिगरेट जलाता हूँ। अक्टूबर के आकाश के नीचे खड़े मकानों, पेड़ों, सड़कों के अँधेरे और उजालों को देखता रहता हूँ। इन रातों से मेरे पचास बरस के जीवन की कुछ और रातें बाहर आती हैं। इन रातों पर कुछ और रातों की छायाएँ उतरती हैं। एक उम्र के बाद, एक रात के भीतर कितनी रातें छिपी हुई नजर आती हैं।

दो बरस पहले तक मुझे नींद के लिए इस तरह तरसना नहीं पड़ता था। मैं रोज ही थोड़ी-बहुत शराब पी लिया करता था और मुझे नींद आ जाती थी। फिर माँ गुजर गयी। उसकी मौत के बाद मैं बुरी तरह बीमार हो गया और मुझे दस दिन अस्पताल में गुजारने पड़े। तब तक मेरी माँ और पत्नी ही मेरे पीने को लेकर शिकायतें किया करती थीं। मैं अस्पताल से लौटा। मैं ठीक होने लगा। मैंने पीना चाहा और मेरी चौबीस बरस की लड़की ने पहली बार लेकिन पूरी तरह तैयार होकर मुझसे न पीने का आग्रह किया। मेरा पीना छुड़वाने के लिए उसने भूखे रहना शुरू किया। मुझसे बात करना बन्द कर दिया। इस तरह उसने अपना एक और सच्चा रास्ता निकाला। अपनी बिटिया की जिद और जिजीविषा से मैं धीरे-धीरे पीने से दूर होता गया।

मेरे अब तक के जीवन में आई चार-पाँच स्त्रियों में से मुझे अपनी बिटिया काफी अलग नजर आती है। मैं उसको जिम्मेवारी और विवेक के साथ विकसित होते हुए देख रहा हूँ। वह सच्चे अर्थों में बड़ी हो रही है। उसमें जीने का उत्साह है, जीने के लिए जरूरी निष्ठा और वह छोटी-छोटी बातों के लिए मेहनत करती है। मामूली से मामूली चीज के महत्त्व को जानती है। अपनी बिटिया के बारे में सोचता हूँ और मुझे अपने बचपन के दिनों की अपनी युवावस्था के शुरुआत के दिनों की लड़कियों का ख्याल आता है। हमारे एक ही जीवन में। हमारी छोटी-सी जिन्दगी में कितने लोग आते हैं। कैसे-कैसे लोग आते हैं। हमारा अपना जीवन जैसे किसी सराय की तरह होता है। जिसमें लोग कुछ दिनों तक ठहरते हैं और चले जाते हैं। पर कुछ लोग होते हैं जो हमसे मीलों दूर रहते हुए भी, हमसे बरसों से न मिलने पर भी, इस संसार में

न रहते हुए भी, कभी हमारे जीवन से नहीं जाते हैं। वे हमारे जीने की बहुत-सी सतहों में से किसी सतह पर चुपचाप लेटे रहते हैं।

फिर आज की तरह कोई रात आती है। हम रात के आखिरी पहर के आसपास जाग उठते हैं। रात ढलती रहती है। आसमान में तारों का काफिला लौट रहा होता है। तभी अतीत की किसी दूसरी भूली-बिसरी और उजली रात हमारे पास लौटने लगती है। मैं बचपन के मकान के पहले और अँधेरे कमरे में सामने के मकान की खिड़की से आती चौकोर और उजली रोशनी को दीवार पर देखता हूँ। बाद में उस चौकोर उजली स्क्रीन पर बड़ी बहन के हाथों से बनती आकृतियाँ बनती-बिगड़ती रहती हैं। हम सब बिस्तरों में, रजाइयों और कम्बलों के भीतर दुबके हुए, बहन की बनाई फिल्म देखते रहते हैं। बहन के मुँह से उन मूक आकृतियों की व्यथा-कथा सुनते रहते हैं।

कुछ रातें पिता की मौत के समय की भी हैं। मई की रातें। पिता कोमा में चले गये हैं। उनकी साँसों की आवाज गलियारों तक आती है। हमारा परिवार उनके ठीक हो जाने की प्रतीक्षा करता हुआ गलियारों में, उसके सामने की घास पर बैठा रहता है। माँ अपनी पीरियड की परेशानी से थोड़ी देर के लिए घर जाती है और उसी वक्त मृत्यु पिता के पास आती है। मैं माँ की जगह मृत्यु को देखकर व्याकुल हो जाता हूँ, रोने लगता हूँ और मेरे साथ-साथ मेरे परिवार के दूसरे लोग।

पिता के न रहने से हमारे परिवार में गरीबी और तंगी के दिन आये थे और स्कूल के अन्तिम बरसों में पढ़ते हुए मैं मिडिल स्कूल के बच्चों को पढ़ाने लगा था। मैं आठवीं के जिन बच्चों को पढ़ाता था उनमें डोना भी थी। बाद में मेरे कॉलेज के आखिरी बरसों में जाने तक भी मैं डोना को पढ़ाता रहा था। डोना की मैट्रिक की परीक्षा के दिनों में ही मैं जान गया था कि वह कमजोर-सी, साँवली-सी लड़की मुझे चाहने लगी है। अप्रैल की किसी रात में उसने मुझे एक चिट्ठी अपने घर की बाल्कनी में दी थी और अपने उतावलेपन में मैंने उस चिट्ठी को एक स्ट्रीटलैम्प के नीचे बार-बार पढ़ा था।

मुझे उस रात के बाद की गर्मियों की रातें याद आ रही हैं। डोना के पहले मंजिल के पहले कमरे की मेज के पड़ोस की उन सब बातों की, जो उन गर्मियों में हमारे साथ और हमारे बीच घटी थीं। डोना के साथ बीता वह मासूम और मार्मिक वक्त। मेरा प्रेम को पहली बार जानने, प्रेम के आलोक में खुद को और संसार को देखने का वक्त था।

अरसा पहले के अतीत की इन नाजुक यादों से अक्टूबर की यह रात कुछ ज्यादा ही उजली जान पड़ रही है। यह क्यों होता है कि हम मुश्किल से अपनी एक दुनिया खड़ी करते हैं और हमारे देखते-देखते वह दुनिया टूट जाती है, बिखर जाती है और किसी रात में उसके खँडहरों का ख्याल हमारे पास आ जाता है। जैसे इस वक्त मैं डोना के बारे में सोच रहा हूँ। उस कमजोर और साँवली लड़की के बारे में जिसने

कभी मेरे अस्तित्व को अर्थ दिया था। मेरे संसार को कोई स्वप्न दिया था।

कुछ ऐसी ही उजली, सफेद और कस्बाती रातें इण्डियन प्रेस के पड़ोस की उस गली की भी हैं जहाँ कभी करुणा रहा करती थी। उस गली और कस्तूरबा लाइब्रेरी के बीच चहलकदमी की कितनी रातें हैं जब मैं करुणा के साथ बतियाता रहता था। वे दिसम्बर की रातों की शुरुआत का वक्त होता था और सदर बाजार में क्रिसमस और नये बरस के पहले की चहल-पहल बनी रहती थी। बाजार की भीड़ और कोलाहल से बचने के लिए हम काली मन्दिर के रास्ते से घर लौटा करते थे। वह रास्ता छोटी-छोटी सड़कों का था और उसके किनारे पीले रंग के सरकारी क्वार्टर थे। उन घरों के बरामदों से रोशनियाँ आती थीं और उसमें वहाँ के बगीचे नजर आते थे। कितनी-कितनी गलियाँ, बरामदे और सीढ़ियाँ आती हैं हमारे जीवन में। उम्र के साथ-साथ उन गलियों, बरामदों और सीढ़ियों पर समय की धूल और धुन्ध चढ़ जाती है। जीने के दबाव और बोझ के नीचे ये जगहें किसी कोने में, किसी कबाड़ में चली जाती हैं और बरसों के बाद, सर्दियों की किसी रात में कोई पचास बरस का आदमी किसी डोना को गिरजाघर की सीढ़ियों से उतरते हुए देखता है, किसी करुणा को करौंदों को अपने आँचल में समेटते हुए देखता है।

कितने पीले और पुराने थे शरतचन्द्र के उपन्यास श्रीकान्त के वे पन्ने, जिसे मैंने और करुणा ने साथ-साथ पढ़ा था। उस समय शरतचन्द्र के पात्रों की छायाएँ मेरे भीतर बनती-बिगड़ती रहती थीं। मैं दिसम्बर की किसी सुबह में उड़ते हुए परिन्दों को, पेड़ों पर चढ़ती धूप को देखा करता था और बरबस ही मुझे श्रीकान्त की याद आ जाती थी।

अपने-अपने घोंसलों की तरफ बढ़ते हुए परिन्दे। पुराने पेड़ों पर चढ़ती-उतरती धूप और चाँदनी। गली के मकान की सीढ़ियों पर बैठे हुए अपने गीले बालों को धूप में सुखाती करुणा। काली मन्दिर की सड़क पर रात के उजाले में उतरती हेमन्तकुमार की आवाज। लाइब्रेरी से लौटते वक्त की करुणा की आधी-अधूरी, अमूर्त-सी बातें। अपनी सफेद कमीज पर पेंसिल से लिखे गये डोना के कुछ शब्द। अपने कन्धे पर सहमा-सा, ठिठका-सा करुणा का हाथ। यह रात है या समुद्र जिसके भीतर से इतना कुछ बाहर आ रहा है।

अगर माँ जीवित होती तो मैं इन रातों में से किसी रात में उसे जगाता और उसे विस्तार से बताता कि उस व्यक्ति के साथ क्या-क्या बीता है, उस व्यक्ति ने कितना कुछ सहा-समझा है, खोया-पाया है जो पचास बरस पहले उसकी कोख के अँधेरे से बाहर आया था। जो दिसम्बर की किसी सुबह में, आनन्दीबाई के प्रसूतिकागृह में मूलनक्षत्र में जन्मा था और जिसके जन्म के साथ-साथ परिवार में गरीबी, बीमारियों और मृत्यु के दिन आये थे। वह शायद मेरी बातों को इत्मीनान से सुनती, मुझे सान्त्वना और सुख देने के सारे प्रयत्न करती और तब मैं उसे यह भी बताता कि मैं

आज तक भूला नहीं हूँ कि तुम किस तरह मेरी पढ़ाई के लिए लालटेन को तैयार किया करती थीं, कितनी दूर-दूर तक मिट्टी के तेल के लिए पैदल जाया करती थीं। मैं उसे उन युद्धपीड़ित रातों के बारे में भी बताता था जिसे हम ब्लैकआउट की रातें कहा करते थे। शायद माँ ने ही और सिर्फ माँ ही ने मुझे समझने का प्रयत्न किया था, एक हद तक मुझे समझा भी था।

माँ का किताबों से दूर-दूर तक रिश्ता नहीं था। उसने कभी भी पिता की किताबों पर की धूल भी नहीं साफ की थी। मैं न होता तो पिता की किताबें कबाड़खाने में चली जातीं। फिर क्या माँ मेरे साथ पिता को भी समझना चाह रही थी?

गणित की किताबों पर झुका हुआ एक साँवला-सा, बीमार-सा पिता का चेहरा है। उनकी मेज के आसपास उनके छात्र हैं। उनके पड़ोस की दीवार पर टँगी आइंस्टीन की एक काली-सफेद तस्वीर। मैं पैंतीस-छत्तीस बरसों के बाद उनकी मेज पर रखे हुए दूध के उस गिलास को देख रहा हूँ जिसकी तलछट पर इलायची का टुकड़ा जमा हुआ है। क्या पचास के करीब पहुँचा हर आदमी इसी तरह अपने गुजरे हुए जमाने को इतनी मार्मिकता के साथ देखता होगा? क्या इस उम्र की थकान, पीड़ा और पछतावे का रूप और रंग इसी तरह का होता होगा?

पिता के पढ़ने की मेज चौकोर थी और कस्तूरबा लाइब्रेरी के रीडिंग रूम की लम्बी-चौड़ी मेज आयताकार। मैं करुणा के साथ बैठा हुआ उसी मेज पर इस सदी की शुरुआत के आसपास के बांग्ला उपन्यासों के अनुवाद पढ़ता रहता था। जब हम दोनों लाइब्रेरी से अपने इलाके में लौटते थे तब गर्मियों की शामें हुआ करती थीं और मई की उन शामों में गुलमोहर दहकते रहते थे। एक गुलमोहर उस खिड़की तक भी जाता था जहाँ पर करुणा खड़े हुए मेरे उसके घर तक पहुँचने की प्रतीक्षा करती थी।

कितनी खिड़कियाँ आती हैं। कितने दरवाजे और दहलीजें। हम अपने एक ही जीवन में कितनी दीवारों और दहलीजों का सामना करते हैं। एक दहलीज पराए शहर के उस पुराने मकान की भी है जिसमें अपने विवाह के बाद करुणा रहने लगी थी। उसी दहलीज पर खड़े हुए कभी मैंने करुणा की डबडबाती आँखों को देखा था।

अपने बचपन में मैं अपनी माँ की भर आई आँखों को देखता था और बड़ी बहन से अक्सर यह सुनता था कि जब मैं बड़ा हो जाऊँगा तब मेरा डबडबाती आँखों को देखना बन्द हो जाएगा। बहन की वह तसल्ली झूठी साबित हुई। डबडबाती आँखों का सामना होता रहा, यह सिलसिला जारी रहा। कितनी ही डबडबाती आँखें हैं। भीगी हुई आवाजें और एक किस्म की मौन और मार्मिक उदासी जिनको मैं महसूस करता रहा हूँ, जिनको मैं सहता रहा हूँ।

मुझे लिखना आता, लिख पाने की थोड़ी-सी भी प्रतिभा और धीरता मुझमें होती तो मैं अपने जीवन के इन बिखरे हुए, भूले-बिसरे सूत्रों को इस तरह बेतरतीब नहीं रहने देता। तब मैं अपने इन टूटे-बिखरे सूत्रों को समेटने और सँवारने की कोशिश

करता। मेरे जीवन के सूत्र किसी आकार में ढलते। उनको कोई नया आयाम मिलता और नया अर्थ भी। तब शायद मेरा जीवन कम से कम मेरे लिए तो दिलचस्प बन पाता। मुझमें न कभी प्रतिभा रही और न ही कभी धीरता। अपने लिए कोई स्वप्न देखना, उस स्वप्न के लिए संघर्ष करते रहना कभी मुझे आया ही नहीं। हमारे विवाह के शुरुआत के दिनों में ही मेरी पत्नी ने जान लिया था कि मैं उन लोगों में आता हूँ जो चढ़ते कम हैं, थकते ज्यादा हैं। जो जीते कम हैं, मरते ज्यादा हैं।

अनिद्रा की इन रातों में, अपने अँधेरे में लौटते जाने के इन सिलसिलों में, जिस चीज को मैं अपने अस्तित्व की अँधेरी जड़ों तक महसूस कर रहा हूँ, वह मेरे भीतर बसी थकान ही है। मेरे भीतर फैली हुई हताशा। मैं अपने परिवार से उजड़ रहा हूँ। अभी-अभी दहशरे के वक्त मेरी बिटिया ने खीर को कुछ उस तरह बनाने का प्रयत्न किया था जिस तरह मेरी माँ बनाया करती थी। उसके इस प्रयत्न को मैंने महसूस ही नहीं किया। बाद में जब मैंने यह जाना तब तक काफी देर हो चुकी थी। क्या कहीं अपने रुटीन से कट जाने की वजह से ही मैं इतना खालीपन, इतना खोया-खोयापन तो महसूस नहीं कर रहा हूँ? कितने दिनों से मैं अपने परिवार के साथ कहीं नहीं गया हूँ। अरसा हुआ जब मैंने अपने किसी मित्र को पत्र लिखा था। कितने ही दिनों से मैं दफ्तर से सीधे घर आता रहा हूँ और अपने बिस्तर पर लेटे हुए तरह-तरह की बेचैनियों से घिरता रहा हूँ।

अभी कुछ ही बरसों पहले तक जब कभी नींद नहीं आती थी तब मैं अपने बिस्तर के अँधेरे में लेटा हुआ बारहखड़ी दुहराने लगता था। अब मैं बारहखड़ी ही भूलता जा रहा हूँ। जितना भी पिछला कुछ याद करने लगता हूँ उतनी ही नींद दूर जाने लगती है। कितनी चीजें हैं और कितने लोग, जिनसे मैं अलग होता जा रहा हूँ। इन दिनों एक पुराना सपना लौटता रहा है। बरसों पुराने मन्दिर के सामने खड़ा बरसों पुराना बरगद का पेड़ है। उसके आसपास टूटी दीवारों का मलबा है, बुझा हुआ तालाब है, किसी पीर की मजार है। मैं मजार के करीब शाम की ढलती घड़ियों में बैठा हूँ और तभी मेरी बिटिया वहाँ आती है और मुझे देखते ही चीखने लगती है। उसे मैं मृत नजर आता हूँ। एक पूरी तरह से थका हुआ अन्तिम रूप से भरा हुआ चेहरा।

जगह वही होती है लेकिन सपना बदल जाता है। मैं मजार के करीब बैठा रहता हूँ और मेरे सामने ही मेरी पत्नी और बिटिया इस तरह बातें करती रहती हैं जैसे मैं वहाँ नहीं हूँ। वे मुझे भूल गयी हैं। कुछ देर बाद वे लोग वहाँ से निकल पड़ते हैं और जाने के पहले मेरी बिटिया मेरे पास खूब ज्यादा पका हुआ अमरूद छोड़ जाती है और कुछ सिक्के जो उसे मैंने बरसों पहले जमा करने के लिए दिये थे। सपने आते हैं। सपने जाते हैं। मैं अपने यथार्थ अपने स्वप्नों और अपनी स्मृतियों के बीच चहलकदमी करता रहता हूँ।

कभी-कभी मन में आता है कि जो कुछ मेरे साथ हो रहा है, जितना कुछ मेरे

भीतर घट रहा है, उसे अपनी बिटिया के सामने व्यक्त करूँ लेकिन इस ख्याल के साथ ही उसका मासूम साँवला और उदास होता हुआ चेहरा सामने आता है। अभी उसका जीना शुरू ही नहीं हुआ है। वह ड्रेसिंग टेबल के पास बैठे हुए अपने बालों को सँवारते हुए फिल्मी गानों को गुनगुनाती रहती है। आइसक्रीम खाने के लिए बचपन की तरह ही मचल जाती है और अपनी माँ की हर शिकायत पर हँसती है, हर हिदायत का मजाक उड़ाती है। अपनी बिटिया को मैं बता नहीं पाऊँगा और मेरी पत्नी के लिए मुझ पर से गुजरता समय मेरे भीतर पलता-बढ़ता जीवन एक तरह का ड्रामा रहेगा और मेरा थोड़ा-बहुत सुनने के बाद वह कहेगी कि ऐसा ही चलता रहा तो मैं किसी दिन पागलखाने में रहूँगा।

कोजागिरी के पड़ोस की इस रात में हल्की ठण्ड और घनी खामोशी की इन घड़ियों में जब मैं अपने जीवन पर लौट-लौट रहा हूँ अपनी व्यथाओं पर रुक-रुक रहा हूँ, तब मुझे ऐसा कितना कुछ समझ में आ रहा है जिस पर अब तक मेरा जरा-सा भी ध्यान नहीं गया था। ऐसा क्यों होता है कि हम अपना एक लम्बा जीवन बिना कुछ सोचे-समझे, बगैर कुछ जाने-बूझे गुजार देते हैं? क्या अपने जीवन पर सोचना अपने जीवन को सँवारना होगा क्या उससे जीना कुछ कम असहनीय हो पाता होगा? एक ही जीवन में कितनी भूलें होती हैं, कितने भ्रमों और भटकावों से पाला पड़ता है।

यह रात का कैसा जादू है, इस रात की कैसी जिद्दी जिजीविषा जो मुझे इतनी बातों पर, इस तरह ले जाती रही है। मैं अपने जीवन को लेकर कितना जागा हुआ, कितना जीवित महसूस कर रहा हूँ। शायद ऐसी ही रातों के एकान्त में, रात की ऐसी ही सूनी शान्त और खामोश घड़ियों में कोई संन्यास का निर्णय लेता होगा या आत्महत्या का। मैं ऐसे लोगों में नहीं हूँ। संन्यास की तो बात बहुत दूर है मैं तो एक छोटा-सा संकल्प नहीं ले सकता। अपने संकल्प के साथ जीने वाले, अपने संकल्प के लिए संघर्ष करने वाले लोग किसी दूसरी मिट्टी के बने होते होंगे। मैं उस मिट्टी का बना हुआ नहीं हूँ।

मैं किस मिट्टी का बना हुआ हूँ? धीरे-धीरे मैं उन सवालों के पास जा रहा हूँ जिनसे मेरे सुख का सम्बन्ध रहा होगा और मेरे सन्ताप का भी। मैं अक्टूबर की इन रातों से पचास बरस की उम्र के बीच की इन व्याकुलताओं से क्या कभी भी मुक्त हो सकूँगा? यह मेरा सवाल है या सन्ताप? यह मेरी पीड़ा है या मेरी पीड़ा से बाहर आता प्रकाश? यह मेरे साथ क्या हो रहा है? यह मेरे साथ क्यों हो रहा है?

राख

नींद खुलते ही मेरी निगाहें सफेद दीवार पर टँगी घड़ी पर ठहरती हैं। घड़ी के पड़ोस की अलगनी पर कोट और मफलर नहीं हैं। मेज पर बाबा का चश्मा और घड़ी नहीं हैं। ताँबे का लोटा खुला पड़ा है। बाबा आज जल्दी स्कूल चले गए। मैं पलंग से उठकर खिड़की के पास आता हूँ। वहाँ से गाँव के दूसरे मकान, उनकी मिट्टी की दीवारें, देशी कवेलुओं की छतें और धूल-धूसरित सड़कें नज़र आती हैं। बाबा का मकान कुछ ऊँचाई पर है। मैं मंजन के डब्बे की तरफ बढ़ता हूँ और हमारी बिल्ली बाबा की रजाई में दुबकी नज़र आती है।

मैं बिल्ली को बिस्तर से भगाते हुए आज शाम को ही शहर लौट जाने की सोचता हूँ। यहाँ मेरा मन नहीं लगता। भीतर बुखार का डेरा रहता है इसीलिए हर चीज से मन उचट जाता है। मैं चंदामामा, चंपक और पराग के पन्नों से भी ऊब जाता हूँ। इन पत्रिकाओं के पुराने अंकों को बाबा ने शहर की लाइब्रेरी से मेरे लिए मँगवाया था। मेरे लिए ही वे किसी से ट्रांजिस्टर माँगकर लाए। पर मेरा मन न परीकथाओं पर ठहरता है और न ही ट्रांजिस्टर से आती खबरों और धुनों पर। पास-पड़ोस में मेरी उम्र का कोई नहीं है। न यहाँ पार्क है, न पतंगें उड़ती हैं। गाँव की निर्जनता, खामोशी और धूप में उड़ती हुई धूल के बीच कभी-कभार मुझे शहर की बरसों पुरानी उस मिमिट्री का खयाल आता है जो अब उजाड़ पड़ी है, जहाँ कभी-कभार ही कोई जाता है। अपने अकेले हो जाने की पीड़ा के बीच से शहर के घर के बरामदे में खेलती बहनों का खयाल आता है।

मुझे बुखार नहीं आता तो मैं यहाँ नहीं आता। डॉक्टर मुखर्जी ने मुझे कुछ दिन खुली और ताजी हवा में रखने के लिए कहा है। यहाँ खुली हवा है और खाली घर। बहती-भागती हवाओं के बीच, सहमा-सा खालीपन! बाबा के स्कूल जाने के बाद घर में बूढ़ी बिल्ली रह जाती है और वह भी दिन भर ऊँघती रहती है।

मैं चौदह बरस का हो रहा हूँ लेकिन इससे पहले अपने शहर में अपने ही घर में कभी थोड़ी देर के लिए भी अकेला नहीं रहा और यहाँ एकदम परायी जगह में घण्टों अकेले रहना पड़ता है। सुबह-सुबह बाबा नाश्ता तैयार कर लेते हैं। रसोई की छोटी-सी अलमारी में अलग-अलग बोतलों में चिवड़ा, बिस्कुट और टोस्ट रखे रहते हैं। वहीं माँ

के हाथों से बनी जाम की जेली रहती है, नीबू का अचार और गुड़ का संदेशा। मैं नाश्ता करने के बाद बेंत की कुर्सी को आँगन की धूप में ले आता हूँ और वहीं बैठे-बैठे ट्रांजिस्टर सुनता हूँ, ग्रामीण आकाश, मकानों, पेड़ों पहाड़ियों और परिन्दों से बनते हुए अपने दिन को देखता रहता हूँ। अकेले होने और उस पर बीमार भी रहने से अपने आसपास से एक नया, पराया और अजनबी-सा रिश्ता बनने लगता है। हम बहुत-सी मामूली चीजों और बातों पर भी ठिठकते हैं, ठहरते हैं। ऐसे दिनों की फुरसत के अपने आयाम होते हैं, अपने अर्थ।

दोपहर में बारह बजे के आसपास बाबा लौटते हैं। उनके हाथ में जाँचने के लिए पेपर का बंडल होता है। मुझे गुस्सा आता है। मुझे लगता है कि पेपर ही जाँचना था तो वे स्कूल में ही क्यों नहीं रह गए। अब घर में भी स्कूल रहेगा। चटाई पर छात्रों की उत्तर-पुस्तिकाएँ बिखरी होंगी। मैं खाना तैयार करते हुए बाबा के साथ रसोई में बैठा रोज की तरह बातचीत नहीं कर सकूँगा। वे खाना भी बनाते रहेंगे और पेपर भी जाँचते रहेंगे।

जब-जब मैं उनसे उनके स्कूल जाने के बाद की अपनी विकलता का जिक्र करता हूँ तब-तब वे हँसने लगते हैं। हँसते वक्त उनके चेहरे पर जैसी लकीरें, जिस तरह का खिंचाव और तनाव उतरता है, उससे उनके बूढ़े होते जाने का खयाल भी भीतर उतरता है। हम दोनों रसोई में ही चटाई पर बैठकर दोपहर का खाना खाते हैं। वे खाने के पहले अपनी थाली के किनारे पानी छिड़कते हैं। मैंने कभी उनकी इस आदत के बारे में पूछा था और उन्होंने आन्ध्र प्रदेश में बीते अपने बचपन के बारे में बहुत कुछ बताया था। खाने के बाद वे अपने बिस्तर पर लेटे हुए ट्रांजिस्टर पर न्यूज सुनते रहते हैं और उनके पैरों के आसपास टहलती हमारी बूढ़ी बिल्ली अपनी हरकतों से अपने अकेलेपन की शिकायत करती रहती है।

शनिवार की दोपहर है। बाबा के साथ मैं अपने शहर लौटा हूँ। हम लोग बस स्टैण्ड से सीधे क्लिनिक में पहुँचे हैं। डॉक्टर मुखर्जी देर तक मेरी जाँच करते हैं। उनका हाथ मेरी पीठ, छाती और पसलियों को दबाता है। बाद में वे अपनी मेज पर बैठे हुए कुछ लिखते हैं और बिना वजह हँसने लगते हैं। मैं कहता नहीं हूँ लेकिन मुझे लगता है कि मुझे बाबा से कहना चाहिए कि डॉक्टर मुखर्जी एक सनकी और पागल डॉक्टर हैं।

"डाक्टर की क्लिनिक में वह किस बुढ़िया की फोटो टँगी रहती है?" मैं सीढ़ियाँ उतरते हुए पूछता हूँ।

"वह मदर टेरेसा है...कलकत्ता में दीन-दुखियों की सेवा करती है...डॉक्टर भी बहुत भले आदमी हैं...अध्यापकों से अपनी फीस नहीं लेते...इनकी वजह से ही मैं बचा हुआ हूँ।"

"इनके पास अम्मा क्यों नहीं आती।"

"उनकी बीमारी दूसरी है।"

"बाबा...अब मैं माँ के साथ यहीं रहूँगा।"

"और कुछ दिनों की बात है...तब तक तुम्हारी माँ भी ठीक हो जाएगी।"

"मैं माँ को तंग नहीं करूँगा...वहाँ मेरा मन नहीं लगता है...।"

"इस बार हम अपने साथ मछलीघर ले जाएँगे।"

"और मछलियाँ..."

"हम शाम को खरीदेंगे।"

बस हमें हमारे घर के करीब छोड़ती है। मैं अपने घर की तरफ बढ़ता हूँ और बाबा जिला परिषद के दफ्तर की तरफ। मैं कैनवस के बैग से माँ के लिए पपीता, चीकू और केले, छोटी के लिए रिबन और चूड़ियाँ और बड़ी बहन की किताबें निकालता हूँ। छोटी को रिबन और चूड़ियों का रंग पसन्द नहीं आता है। वह चिढ़कर अपनी चीजों को फेंक देती है।

"ऐसा नहीं करते बेटा," माँ बिस्तर से कहती है।

"मैंने हरी रिबन और हरी चूड़ियों के लिए कहा था।"

"अब बाद में खरीद लेना...आजकल उनकी तनख्वाह भी बराबर नहीं मिलती ...उनका हाथ तंग रहता है।"

"फिर बाबा ऐसी नौकरी करते ही क्यों हैं?" छोटी चिढ़कर कहती है।

"अब क्या बरसों की नौकरी छोड़ देंगे...इधर वे बीमार भी रहने लगे हैं।" माँ कहती है।

"हमारी प्रिंसिपल कहती है कि बाबा की तरह का ब्रिलियंट टीचर मिलना मुश्किल है...।" बड़ी अपनी मेज के पास से कहती है।

बड़ी की बात से बाबा का देर रात तक पढ़ना, छात्रों के लिए नोट्स तैयार करना, उनके पास छात्रों का आना और कितना कुछ याद आता है। वे इस उम्र में भी लेटकर नहीं पढ़ते हैं और देर-देर तक पढ़ते हैं।

काली स्याही के फाउण्टेन पेन से लिखे हुए उनके छोटे-छोटे अक्षर कितना प्रभावित करते हैं। गणित और विज्ञान और विज्ञान के लिए उनका अनुराग छात्रों के भीतर कितना पैशन, कितनी उम्मीदें पैदा करता रहा होगा।

मरीना मार्ट की बाजू की सीढ़ियों से मछलियों की दुकान की तरफ जाना होता है। पड़ोस में रिकार्डों की दुकान है। दीवारों पर गायकों और फिल्मों के पोस्टर टँगे रहते हैं और अलमारियों में ग्रामोफोन, रेडियो और रिकार्ड्स रखे रहते हैं। पड़ोस में बरामदे की शुरुआत से ही मछलीघरों में तैरती मछलियाँ नजर आती हैं। इतनी सुन्दर, इतनी सारी मछलियों को तैरते हुए, सैर करते हुए देखकर मछलियों का होना ही एक तरह का अद्भुत चमत्कार महसूस होता है। कितनी निराली है मछलियों की दुनिया। तब नहीं पर अब सोचता हूँ कि वह दुनिया निराली ही नहीं, नाजुक और नश्वर भी

थी। उस उम्र में मैं कैसे जान पाता कि सौन्दर्य चाहे जितना निराला हो लेकिन एक-न-एक दिन नष्ट हो जाता है, नष्ट हो सकता है।

मछलियों पर ठहरते हुए, उनकी सजीवता और सुन्दरता से मंत्रमुग्ध होते हुए मैं यह भी सोच रहा हूँ कि बाबा उतनी मछलियों को खरीद नहीं सकेंगे जो मुझे अच्छी लग रही हैं। मेरे लिए चुनना मुश्किल है। जिन मछलियों को छोड़ दूँगा उनको याद करता रहूँगा। चुन पाना शायद मेरे लिए बचपन से ही कठिन रहा होगा।

"बाबा...हम बाद में कभी मछलियों को खरीद लेंगे...पता नहीं गाँव में ये हमारे पास जिन्दा रहेंगी भी या नहीं...मैं पतंग और धागा खरीद लूँगा...।"

बाबा के पैर कुछ देर तक दुकान की देहरी पर ठहरते-ठिठकते हैं और वे बाहर निकल आते हैं। मैं उस दिन के उनके ठहरने-ठिठकने को आज तक नहीं भूल पाया हूँ। उस रोज ही हमने एक्मे स्टुडियो में अपनी तस्वीर खिंचवायी थी। अब भी तस्वीर में बाबा का फटा हुआ मफलर और खिंचा-खिंचा-सा, थका-थका-सा चेहरा नज़र आता है। बरसों बाद भी वह एक ऐसे पिता का चेहरा बना हुआ है जो अपने बीमार बच्चे के लिए उसकी पसन्द की सभी मछलियों को खरीद नहीं सका था।

इतवार को हम दोनों गाँव लौट आए हैं। बाबा दाढ़ी बना रहे हैं। ट्रांजिस्टर पर कोई सितार बजा रहा है। मैं बिल्ली को रोसकेक खिलाते-खिलाते सोने लगता हूँ। जब शाम को उठता हूँ तो मुँह में एक तरह का कसैलापन, एक तरह की कड़वाहट महसूस होती है। माँ के हाथों बने रोसकेक अच्छे नहीं लगते हैं। ओवल्टीन का स्वाद अजीब-सा लगता है। मैं बुखार से तप रहा हूँ। मेरे पलंग के करीब लकड़ी के कोयले की अँगीठी जल रही है। मैं अँगीठी से उठती आग को देखता हूँ और मुझे मछलीघर में चढ़ती-उतरती मछलियों की याद आती है।

"क्या आपने बम्बई का मछलीघर देखा है।" मैं पूछता हूँ

"इन गर्मियों में बम्बई चलेंगे...माँ भी साथ रहेगी।"

"आप नहीं जाएँगे...तब आपके ट्यूशन रहेंगे...माँ की आँखों का आपरेशन भी होना है।"

"इसीलिए तो ट्यूशन बन्द नहीं कर सकूँगा...अगले साल बड़ी को कॉलेज में भर्ती करवाना है...तुम्हारे इलाज के लिए भी पैसा लग रहा है...।"

शहर से लौटे हुए चार-पाँच दिन हो गए हैं और मेरी देह से बुखार का डेरा उठा नहीं है। रात के वक्त गाँव के घर में एक बूढ़े फकीर आते हैं। बिजली गई हुई है। स्टूल पर लालटेन रखी है और मेज पर मोमबत्ती जल रही है और मेज के नीचे अँगीठी। फकीर का हाथ मेरे तपते माथे पर ठहरता है। वे मन-ही-मन में कुछ बड़बड़ा रहे हैं। फकीर की बड़बड़ाहट, जलती मोमबत्ती और अँगीठी के बीच से मैं बीच-बीच में गोद में बिल्ली लिए हुए बाबा को देखता हूँ।

अँगीठी ठण्डी हो रही है। आग की लपटें मन्द पड़ रही हैं। फकीर का चेहरा

कितना बूढ़ा, कितना ज्यादा जिया हुआ नज़र आता है। वे अँगीठी से थोड़ी-सी राख उठाते हैं और मेरे माथे पर मलने के पहले उसे फूँकते हैं। मैं उड़ती राख को देख रहा हूँ। मैं बुझती आग को देख रहा हूँ। मैं फकीर के बुढ़ापे को देख रहा हूँ। मैं बिल्ली के बुढ़ापे को देख रहा हूँ।

मैंने जैसे देखना शुरू ही किया है। बाबा ने बिस्तर पकड़ लिया है। मेरा बुखार उन पर चढ़ गया है। वे देर-देर तक निरन्तर खाँसते रहते हैं। उनकी छाती का दर्द दिनोंदिन बढ़ता जा रहा है। डॉक्टर मुखर्जी ऱोज ही अपने स्कूटर से घर आ रहे हैं। मैं बाबा के गरम कपड़ों और बिस्तरों के लिए एक और बार गाँव जाता हूँ। यह मैं आखिरी बार उस गाँव में जाऊँगा। इसके बाद वे जीवित ही नहीं रहेंगे जिनके लिए, जिनके पास और जिनके साथ मैं गाँव जाता रहा था। बाबा की मेज पर अधखुली किताब है और आधा-अधूरा लिखा गया इनलैण्ड। माँ के लिए लिखे गए उस इनलैण्ड से पता चलता है कि बाबा के फेफड़ों को तपेदिक ने बुरी तरह घेर लिया है। भीतर ही भीतर बाबा की बीमारी बड़ी होती रही है, बूढ़ी होती गयी है। उनके गर्म कपड़ों, कम्बलों, किताबों और जमा किए गए सिक्कों के डिब्बे को ट्रंक में डालते हुए मैं उनकी उस तस्वीर को भी साथ रख लेता हूँ जिसमें वे शिमला के क़रीब की किसी जगह में बर्फ के बीच खड़े हैं। उस तस्वीर में बाबा हैं, उनका बच़पन है और उनके बचपन के दिनों की बर्फ है।

मकर संक्रान्ति के दिन बाबा को मेयो अस्पताल में भर्ती किया गया है। तिल्ली वैसे ही सूखती हुई सूप में पड़ी है। मैं नई पंतग को उड़ा नहीं पाया हूँ। उनकी हालत नाजुक है। वे अनाप-शनाप बड़बड़ाने लगे हैं। उनकी याद्दाश्त टूट रही है। वार्ड में ही वे मेरी उस नीली कमीज को देखते हैं जिसकी एक बटन सफेद है। नीली बटनों के बीच खड़ी सफेद बटन की वे शिकायत करते हैं। वे इंजेक्शन देने आयी नर्स से नीली बटन की माँग करते हैं। वे टूटती-बिखरती आवाज में पूछते हैं—'सिस्टर क्या मुझे एक नीली बटन और सूई-धागा मिल सकता है...' नर्स को लगता है कि वे अपनी बेहोशी में बड़बड़ा रहे हैं और वह चुप ही खड़ी रहती है। वह ही नहीं सब चुप हैं। सब जान गए हैं कि मृत्यु उस वार्ड के दरवाजों पर दस्तकें दे रही है।

बाबा के पास खाँसी का जबरदस्त दौरा लौटा है। मैं उनकी छाती को सहलाता हूँ। गलियारे की बेंच पर अपना टिफिन छोड़कर अम्मा भी आ गयी है। खाँसी थमती है और बाबा मेरी सफेद बटन का जिक्र करते हैं। माँ गलियारे में बताती है कि बाबा उनसे अंग्रेजी में बोलने लगे हैं। माँ को लग रहा है कि वे न जाने किस सदी की कौन-सी भाषा में बात करने लगे हैं।

"साइकिल ठीक से चलाना...बड़ी को ज्यादा तंग नहीं करना," अम्मा कहती है।

"फिर बटन कौन टाँकेगा?"

"उसकी जरूरत नहीं है...वे बेहोशी में बड़बड़ा रहे हैं...उनको कुछ याद रहता ...कह रहे थे कि उन्होंने पहले ही गाँव से मेरे लिए एक पत्र भेजा था... ।"

"मैंने पढ़ा था उस पत्र को..."

"अच्छा ठीक है...धीरे-धीरे जाना... मैं सुबह पड़ोस में फोन करूँगी।"

सुबह-सुबह पड़ोस में फोन आता है। उस फोन से ही मृत्यु हमारे घर में उतरती है। बाबा की मौत की खबर फैल रही है। बाबा की मौत फैल रही है। तीस जनवरी की सुबह हमारे लिए मृत्यु की सुबह है। मृत्यु की मार्मिकता और मनहूसियत ली हुई एक सुबह! मैं उस सुबह को कभी नहीं भूल पाऊँगा। उसी सुबह में वह आदमी जन्मा होगा जो मैं अब हूँ, जो शायद मैं अब हमेशा रहूँगा।

व्यथा

गर्मियों की वीरान-सी दुपहर है। समूची गली एक तरह की निस्तब्धता में डूबी हुई। माँ अपने कमरे में दीवार पर लेटी है और मैं अभी-अभी बाहर से लौटी हूँ। गर्मियों, दवाओं, बुढ़ापे और चिन्ताओं से इधर माँ को कुछ भी याद नहीं रहता और मुझे इन दिनों न जाने क्या-क्या याद नहीं आता है। पड़ोस के गुलमोहर, बरामदे में रखी बेंत की कुर्सियों और गर्मियों की ढलती शामों से मुझे पिछली गर्मियों की छोटी-छोटी बातों का ख्याल आने लगता है। मैं बुगनेवेलिया की लताओं को देखती हूँ और मुझे उसके हँसने की आवाज सुनाई देती है।

मैं नहीं जानती थी उसके न होने से, चले जाने से मैं ऐसी व्याकुलता और व्यथा के बीच रहूँगी। उसके शहर छोड़ने के पहले न मैंने उसके बारे में इतना ज्यादा सोचा था, न अपने बारे में। मैं अपनी रिसर्च के अन्तिम पन्ने लिख रही थी। उन दिनों मन में तरह-तरह की आशंकाओं के साथ नौकरी के न रह पाने का डर भी साथ रहा था। किसी-किसी शाम को वह मेरी व्यथा और उदासी को पढ़ लेता, पकड़ लेता और मुझे दिलासा देने के लिए कहता—

"जिन्दगी उतनी नीरस भी नहीं है जितनी तुम्हें महसूस होती रहती है।"

"ऐसा तुम सोच सकते हो, मैं नहीं।"

"तुम नहीं देखतीं कि कितने ही लोग अपने जीवन को दिलचस्प, उपयोगी बनाने में जुटे रहते हैं...उनकी भी मुश्किलें होती होंगी...वे क्या मुसीबतों को झेलते नहीं होंगे.... ।"

"मैं उन लोगों में से नहीं हूँ।"

"यह तुम नहीं कह सकतीं.... ।"

हम दोनों मेरे घर के बरामदे की बेंत की कुर्सियों पर बैठे रहते। गली में शाम उतरती रहती। माँ शाम की सैर पर गयी होती। वे लौटतीं तो हम तीनों बरामदे में ही चाय पीते।

"गर्मियों में लगता है कि संसार कितना पुराना है।" माँ ने कहा था।

"मुझे तो हमेशा ही अपना जीवन बहुत पुराना लगता रहा है...पता नहीं लोग कैसे इतने बरस जीते होंगे।" मैंने कहा था।

और उस शाम हम तीनों जीने की जरूरतों, दिक्कतों और रास्तों के बारे में देर तक बातचीत करते रहे थे। वह अपनी बातों में जिस तरह किताबों और फिल्मों को ले आता, उससे उसकी बातें दिलचस्प हो जातीं। किताबों के लिए उसका अगाध, औघड़-सा अनुराग मेरे लिए हैरानी की बात थी। मैंने अपनी पढ़ाई और अध्यापन के बरसों में हिन्दी के लेखकों, कवियों को जरूर पढ़ा था, पर मैं उसकी तरह दूसरे देशों के लेखकों की कृतियों को नहीं जानती थी। किसी के लिए अपने जीवन में किताब की ऐसी जगह हो सकती है, यह मैंने उसे जानने के दौरान ही जाना था।

गर्मियों की उन लम्बी शामों का, बरामदे में होती रही हमारी बातचीत का, उसके साथ की सैर और संवाद का मेरे लिए अब अर्थ खुल रहा है। ऐसा क्यों होता है कि हम वक्त पर हमारे जीवन में आये लोगों की जगह को जरूरत को समझ नहीं पाते हैं? मैं हमेशा से ही दूसरों को समझने में असफल होती आयी हूँ। दूसरों को समझने के लिए धीरज, विवेक और गम्भीरता की मुझमें कमी रही है। दूसरों को समझने, समझने की कोशिश न करने की भी वजह से मैं खुद को इतनी अलग-थलग, इतनी बेबस और अधूरी महसूस करती रही हूँ। मैंने उसे समझा होता, तो शायद मैं उसे इस तरह खोने की पीड़ा से नहीं टकराती।

शुरुआत में वह कभी-कभी मुझे लाइब्रेरी में मिल जाता। मैं उससे उसकी बहन के बारे में कुछ बातें कर लेती। उसकी बहन एम. ए. में मेरे साथ थी और उसका विवाह हो चुका था। वह लाइब्रेरी में कुछ विदेशी पत्र-पत्रिकाओं के लिए आता और मैगजीन सेक्शन में बैठा रहता। एक शाम दिसम्बर के दिनों में निरन्तर बारिश होती रही और हम दोनों लाइब्रेरी की सीढ़ियों पर बैठे हुए बातचीत करते रहे। उस शाम से मैंने उसे जानना शुरू किया। मैं उसे फालतू, फूहड़ किस्म के लड़कों के साथ कैन्टीन में बैठे हुए देखती रही थी, और मुझे वह वक्त काटने के लिए लाइब्रेरी आ रहे बेरोजगार लड़कों में एक नजर आता था। उस शाम मेरा विचार बदल गया। उसी शाम मैंने अपने पूर्वाग्रह को टूटता हुआ पाया। मुझे लगा कि किसी के बारे में एकदम किसी फैसले पर पहुँच जाना कितना सरल होता है, लेकिन कितना गलत!

धीरे-धीरे हमारी पहचान बढ़ती गयी। मेरा रिसर्च का काम खत्म हो चला था और वह अपने कॉल लेटर की प्रतीक्षा कर रहा था। गर्मियाँ आयीं और हम शाम को सैर के लिए तालाब तक जाने लगे। शुरुआत में माँ भी साथ रहती थी, पर जब उसकी तबीयत बिगड़ने लगी, तो हमने अपने घर के आसपास ही घूमना, बरामदे या छत पर बैठना शुरू किया। कभी-कभी हमारी बातचीत में आयी कोई बात फैल जाती, उसे अधूरा छोड़ने का मन नहीं होता और तब वह रात का खाना हमारे यहाँ ही खाता। मैं खाने के वक्त अपने प्लेयर पर जैज का कोई पुराना रिकार्ड लगा देती और मुझे लगता कि हम घर में नहीं, किसी पुरानी फिल्म के पुराने रेस्तरां में रात का खाना खा रहे हैं। अब महसूस होता है कि उन दिनों मेरे जीवन में कितना कुछ आत्मीय घटता

था। जिसे हम सुख कह कर बुला सकते हैं, वह कितनी सरलता और चंचलता के साथ गायब हो जाता है।

मेरी पैंतीस बरस की जिन्दगी में पिता के बाद वह अकेला पुरुष रहा, जिसके सामने मैं अपने किसी दुख पर रो लेती थी। उसी के सामने कभी-कभी मैं अपने दुख की पोटली खोल लेती और वह मेरे सन्ताप को इस तरह देखता रहता कि उसके अलावा दुनिया में और किसी चीज का अस्तित्व नहीं है। वह मेरी किसी पीड़ा, किसी परेशानी को सुनने के बाद भी कुछ नहीं कहता और दूसरे दिन जब वह कुछ कहता, तो महसूस होता कि उसने मेरे दुख पर सोचा है, उसके साथ अपना कुछ समय बिताया है। कभी-कभी वह जब मुझे सुनता, तब लगता कि मेरा कहना खत्म ही नहीं होना चाहिए और जब वह कहता, तो मन में आता कि मेरे सुनने का अन्त नहीं होना चाहिए। ऐसा कभी-कभी ही होता था।

एक शाम उसे मैं चेखव की कहानियों में आये पात्रों के बारे में अपने इम्प्रेशन बता रही थी। मैंने उसकी कहानियों को पहली बार और वह भी अंग्रेजी में पढ़ा था। उस शाम माँ कुछ अस्वस्थ थी। जून की हवाओं में पड़ोस के पेड़ों से सरसराहटें सुनाई दे रही थीं। फिर बिजली चली गयी और हम बरामदे की आधी दीवार पर रखी लालटेन की रोशनी में पिछली सदी के अन्तिम बरसों के रूसी लेखकों के बारे में बातें करते रहे। जीवन, मृत्यु, प्रेम, नियति, सुख और दुख से उन लेखकों के रिश्तों के बारे में वह बहुत कुछ बोलता रहा था।

"हर आदमी को अपना खुद का संसार बनाने की कोशिश करनी चाहिए।" उसने कहा था।

"क्या अपने लिए ऐसी इच्छा से हम स्वार्थी नहीं हो जाते?" मैंने कहा था।

"बल्कि ऐसा होने से हम दूसरों के अपने ढंग से सुख पाने को समझ सकते हैं...।"

उन्नीसवीं शताब्दी से कुछ रूसी उपन्यासों को बार-बार पढ़ना, उनकी दुनिया में लौटते रहना उसे बहुत अच्छा लगता था। वह कहता भी था कि रूसी लेखकों की कुछ कृतियों ने उसे बहुत कुछ दिया है, बहुत ज्यादा सिखाया है। शुरुआत में फिक्शन के लिए उसके ऐसे आकर्षण को मैं समझ न सकी थी और जब गर्मियों की दुपहरी में मैंने तुर्गनेव के उपन्यासों को पढ़ना शुरू किया, तब मुझे फिक्शन के रहस्यों और रंगों का पहली बार पता चला। कथाओं का अपना संसार था। अपना स्वर्ग और समय। अपना जीवन और जादू। अपनी लालसा और लीला।

मैं उसकी बहुत-सी बातों से असहमति व्यक्त करती और हमारे संवादों के बीच एक तरह का तनाव तैरता रहता, एक किस्म की तकलीफ फैलती रहती। मेरी असहमति, मेरा प्रतिरोध उसे तकलीफ नहीं, तसल्ली देता और उसकी मुझसे यह शिकायत बनी रहती कि मैं छोटी-छोटी बातों पर अटक जाती हूँ और इसीलिए बड़ी

बातों तक पहुँचने में मुझे समय लगता है। उसकी इस शिकायत को मैं न कभी समझ पायी और न कभी वह समझ सका।

वह टकरावों को टालना जानता था। वह उनसे बचने के रास्ते खोज लेता। रिश्तों के बिखर जाने, बदल जाने का डर उसके साथ बना रहता। बचपन में उसके माता-पिता चल बसे और उसका बचपन अपनी बड़ी बहन के साथ नाना-नानी के यहाँ बीता। बचपन के अपने गरीबी के बरसों में कुछ था, जिसकी याद उसे सजीवता देती थी, सुख देती थी। वह अपने भीतर की कितनी चीजों को बचाना चाहता था। वह अपने लिए कितना कुछ सँभाल के रखना चाहता था। खो देने की आशंका, खोने का आतंक उसे घेरे रहता।

उसके भीतर बसी खोने की पीड़ा को मैं उसे खो देने के बाद समझ रही हूँ। अब जब वह मुझसे मीलों दूर, दक्षिण के शहर में अपनी नौकरी कर रहा है तब वह मेरे बहुत नजदीक बना हुआ है। क्या प्रेम इसी तरह पनपता है, इसी तरह छलता है? जब वह हमारे पास आता है, तब हम उसे समझ नहीं पाते, सँभाल नहीं पाते और जब वह हमें छोड़कर चला जाता है तब हम उसकी प्रतीक्षा करते हैं, पीछा करते हैं, उसके चले जाने के पछतावे के साथ पलंग पर लेटे हुए दीवारों को ताकते रहते हैं।

गर्मियों का अन्त हो रहा था। बदली, छाया और हवाओं के दिन थे। जुलाई में उसे कालेज में अध्यापन के लिए दूसरे शहर में जाना था। एक शाम हम दोनों घूमते-घूमते पुराने तालाब के पड़ोस के पार्क तक गये थे। वहाँ बुनकरों की बस्ती थी और शहर की सबसे पुरानी मील का इलाका। लम्बी-चौड़ी दीवारों के बीच खड़ी चिमनियों और उससे निकलते धुएँ को देखकर उसने कहा था, "वहाँ चला जाऊँगा तब इन शामों की बहुत याद आएगी।"

"वहाँ भी तो पार्क, तालाब और चिमनियाँ होंगी।" मैंने मजाक किया था।

"ये सब तो रहेंगे, पर वहाँ तुम नहीं रहोगी....।"

मैं उसके उस वाक्य के लिए तैयार नहीं थी। मैं अकबका-सी गयी। वह भी अपनी बात और उसके मुझ पर हुए असर से बेचैन-सा बना रहा। कुछ देर तक हम दोनों खामोश ही रहे। तालाब के ऊपर और बाहर उजाला गिर रहा था। रात शुरू हो चली थी। रास्ते में उसने कहा था, "माफ करना...मैं अपनी भावनाओं को रोक न सका...मैं कुछ दिनों से तुमसे विवाह के बारे में...।"

मैं सिर्फ अकबका गयी...मैं इस बात के लिए बिल्कुल भी तैयार नहीं थी।

"दोष मेरा है...मुझे ऐसी बात को इस तरह कहना नहीं था...।"

"तुमने कुछ गलत नहीं किया...तुमने कुछ कहा भी है तो मुझसे कहा है...।"

"फिर क्या मैं तुम्हारी माँ से बात कर सकता हूँ...।"

"अभी नहीं...मुझे थोड़ा वक्त चाहिए...मैंने तुम लोगों को लेकर उतना नहीं सोचा है जितना मुझे सोचना चाहिए था...मैं तुम्हें कुछ दिनों बाद बता सकूँगी...।"

"मैं तुम्हारे उत्तर का इन्तजार करूँगा...।"

उस शाम घर लौटते-लौटते हमने एक-दूसरे के साथ बहुत कुछ साझा किया था। उस रात टेलीविजन पर त्रुफो की फिल्म थी, पर मेरा मन कहीं और था, मूड कुछ और था। वह सरल-सी सीधी-सी रात नहीं थी। किसी के हाथ हमेशा आखिरी साँस तक रहने की बात मुझमें तरह-तरह के संशय जगाती रही थी। अपनी बनी-बनायी, बसी-बसायी दुनिया को छोड़कर किसी दूसरे की दुनिया में, किसी परायी दुनिया में जीने की शुरुआत का ख्याल ही मुझे डराता था। रात भर मैं बिस्तर पर जागते हुए अपने बारे में, भविष्य के बारे में न जाने क्या-क्या सोचती रही। रात की निस्तब्ध घड़ियों में मेरे भीतर यह ख्याल बार-बार लौटता रहा कि मैं किसी के साथ विवाह से सुखी नहीं रहूँगी और न ही मेरे साथ विवाह के बाद कोई सुखी रह सकेगा।

मैंने दूसरों के विवाह के बाद के जीवन को थोड़ा करीब से देखा था। महसूस किया था। लड़कियों का अपनी जगहों, अपनी जिन्दगी को छोड़कर नयी जगहों और जिन्दगी में उतरना मुझे एक तरह से उनका विस्थापित होना जान पड़ता था। उस वक्त मैं खुद को समझा नहीं पायी थी कि संसार में, सदियों से लड़कियाँ अपने परिवारों, पुरखों, घरों, मुहल्लों, गलियों और शहरों को छोड़कर नये घर बसाती रही हैं, नये घरों में बसती रही हैं।

फिर विवाह के लिए मना करने से पहले मुझे यह भी तो सोचना चाहिए था कि विवाह न करना, परिवार के घेरे से बाहर खड़े रहना क्या जीने का सहनीय विकल्प हो सकता है? मुझे फैसला लेने के पहले उसके साथ और सिर्फ उसी के साथ अपने संशयों, पूर्वग्रहों और तनावों को बाँटना चाहिए था। वह शायद मेरी दुविधा, मेरे दुख को समझ पाता, सह पाता और मेरे लिए कोई रास्ता सुझाता। उसे शायद मेरे मना करने से उतनी तकलीफ नहीं हुई थी जितनी मना कर देने के अपने कारणों को उसे न बताने से। मैं खुद उन दिनों की अपनी जड़ता और मूढ़ता को समझ नहीं पा रही थी। उन दिनों मेरा मन उस पहाड़ की तरह था, जिस पर न मैं चढ़ पा रही थी और न जिससे उतर पा रही थी। एक तरह की फिसलन, एक तरह की उलझन मुझे घेरे हुए थी।

उसके शहर छोड़ने की सुबह रेलवे प्लेटफॉर्म पर ही मुझे महसूस हुआ कि उसकी मुझमें दिलचस्पी बुझने लगी है। वह मुझे सुन नहीं रहा था। समझ नहीं रहा था। मुझे लगा कि उसने मुझे चाहना छोड़ दिया था, इसीलिए समझना भी। प्रेम के आलोक में ही दूसरे की व्यथा-कथा को देखा जा सकता था। हमारे बीच अगर प्रेम जैसी कोई चीज पनप पायी थी, तो उसे मैं झरते हुए, मरते हुए देख रही थी।

मेरी पीड़ा यह सोचकर गहराती है कि मैं उससे संवाद को बनाये रख सकती थी। उसके शुरुआत में आये पत्रों का उत्तर भेज सकती थी। हम मित्रों की तरह एक-दूसरे को सुन सकते थे, सह सकते थे। हमारे बीच ऐसा सन्नाटा न होता तो

शायद मेरे आसपास ऐसा सूनापन भी नहीं होता। हमारे बीच शुरुआत की, दुबारा शुरुआत की सम्भावना बनी रहती, अगर हमारे बीच का संवाद बना रहता।

यह सब हो सकता था, पर यह सब हुआ नहीं। यही होता है। ऐसा ही होता है। हमारे पुरखे इसे ही शायद नियति कहते थे। वह मेरे सामने रहता तो बताता कि नियति को स्वीकार करने और सहने का रास्ता किन लोगों ने किस तरह सुझाया था। वह नहीं है, पर व्यथा जरूर है। उसके न होने की। कभी उसके होने की। मैं गर्मियों की इस वीरान-सी दुपहर में अपनी व्यथा को सुन रही हूँ। अपनी व्यथा को बुन रही हूँ।

सोफिया

पता नहीं रात की किस मनहूस घड़ी में उसने अपनी आखिरी साँस ली होगी? मृत्यु जब उसके घर की अपनी जगह से चलकर उसके बिस्तर के करीब आई होगी, तब उसने उसके पड़ोस की बेंत की कुर्सी पर भूरी और झबरैली कुतिया को सोते हुए देखा होगा। उसी कुतिया के साथ, सुबह के इसी वक्त में सोफिया अपनी सुबह की सैर से लौटा करती थी। उसके हाथ में बेंत होती और दूध का पैकेट। इन दिनों में वह लँगड़ाते हुए चलने लगी थी।

मैं उसके पहली मंजिल के कमरे से उतरती लकड़ी की सीढ़ियों से लौटते हुए, उसके बारे में सोचने लगा हूँ। शुरुआत की सीढ़ी से ही आल्टर नजर आता है और जीसस की बरसों पुरानी तस्वीर। सीढ़ियों तक धूप आ रही है। सामने छोटा-सा बरामदा है और उसके बाद सँकरी-सी सड़क। बरामदे की दीवारों पर सोफिया की माँ और उन दोनों भाइयों की तस्वीरें टँगी हैं जो अब इस दुनिया में जीवित नहीं हैं। एकदम पहले जस्टीन मरा, फिर उसकी माँ, बाद में स्टैनली नहीं रहा और अब सोफिया। अब इस पुराने मकान में ऐसा एक भी व्यक्ति नहीं रहेगा जो यहाँ रहता आया था। इस मकान के यही दरवाजे रहेंगे ऐसी ही खिड़कियाँ और सीढ़ियाँ लेकिन उनसे झाँकती निगाहें दूसरी होंगी, उसकी सीढ़ियों से उतरते पैर दूसरे होंगे।

मैं इस मकान को बचपन से देखता आया हूँ। इस मकान और हमारे मकान के बीच सिर्फ एक सँकरी सड़क है जो स्टेशन तक जाती है। यहाँ के मकान भले ही चुपचाप रहें, यहाँ की सड़क बोलती ही रहती है। अब इस इलाके से सोफिया की आवाज हमेशा के लिए चली गयी है। जिस आवाज को मैं चालीस बरसों से सुनता आया था, अब मैं उस आवाज को कभी नहीं सुन सकूँगा। इन दिनों वह अक्सर अपने तोते के लिए दाल-भात लेने हमारी खिड़की तक आती और कटोरी देने के बाद कुछ देर तक माँ से बतियाती। इधर वह बीमार रहने लगी थी। मेरे बचपन के बरसों में सोफिया चौबीस-पच्चीस बरस की स्वस्थ लड़की थी। साँवले रंग और घुँघराले बालों के साथ चहकती हुई चंचल लड़की। प्राइमरी स्कूल की अध्यापिका जो साइकिल से अपने दूर खड़े हुए स्कूल में जाती थी। इन बरसों में वही साँवली, स्वस्थ और सनकी लड़की, एक बीमार और अधेड़ औरत का नीरस-सा, निष्प्राण-सा जीवन बिता रही

थी। पता नहीं अपनी अंतिम घड़ियों में उसके साथ कितना अवसाद, कितना अकेलापन रहा होगा?

सोफिया ने विवाह नहीं किया था। एक आदमी था, जो दूसरे इलाके से सोफिया के घर में आता रहा था। बहुत पहले वह आदमी शाम के वक्त अपनी स्कूटर से सोफिया के यहाँ आता रहा था और सुबह के वक्त लौटता रहा था। मैंने बहुत बाद में जाना कि वह एक शादीशुदा साउथ इंडियन था और सोफिया उसकी रखैल। उन्हीं दिनों में माँ ने मुझे सोफिया के घर में मिली किसी युवक की लाश के बारे में भी बताया था। माँ नहीं चाहती थी कि मेरा उस घर में आना-जाना रहे और वह मुझे सोफिया के चाल-चलन को लेकर कुछ न कुछ बताती ही रहती थी। पर मुझे बहुत पहले से सोफिया से नहीं, सोफिया के लिए डर लगता आया था। कुछ लोग होते हैं जिनके लिए हमारे भीतर एक तरह का डर बराबर बना रहता है। सोफिया उन लोगों में से थी।

साल पर साल बीतते गए। सोफिया उस साउथ इंडियन मैकेनिक की रखैल का जीवन बिताती रही। कभी-कभी सोफिया की माँ हमारे घर में आती और सोफिया की परेशानियों का जिक्र करती। उस साउथ इंडियन की शिकायतें करती। माँ-बाबा उनकी बातें सुनते रहते और मन ही मन में किसी विपदा में फँस जाने का डर पालते रहते।

सोफिया के इस तरह चले जाने से उसके पास मौत के इस तरह आने से मुझमें यह पछतावा उतर आया है कि यह हो सकता था कि मैं सोफिया के साथ थोड़ा समय गुजारता। उसके सुख-दुख के बारे में सुनता। उसके बरसों के अकेलेपन को समझने का थोड़ा-बहुत प्रयत्न करता। मैं उससे कभी-कभार रास्ते में ही मिलता रहा और हड़बड़ी में उसकी नौकरी या बीमारी के बारे में सरसरी तौर पर बातचीत करता रहा। शायद यह तो पाता कि कभी मैं इत्मीनान के साथ उससे बातचीत करता और वह मुझे कोई जरूरी, गहरी और गम्भीर बात बताती। मैं उसके अपने जीवन के किसी सच को देख पाता। एक ऐसा सच जिसे सिर्फ जीते हुए ही जाना जाता है। मैं उसके ऐसे कुछ तनावों को साझा कर पाता जो हमारे भीतर बरसों से बसे रहते हैं और जिन्हें हम किसी न किसी के भीतर बसाने की अधूरी आकांक्षा के साथ जीते रहते हैं। आदमी होने के, ऐसे तनाव जिन्हें किसी से बाँटकर हम कुछ हल्के हो जाते हैं। कुछ ज्यादा हो पाते हैं।

सोफिया जिस पुराने दीवान पर मरी, उसके सिरहाने के पीछे की पीली दीवार पर सन्त थेरेसा की शायद उतनी ही पुरानी तस्वीर टँगी है। सोफिया की शान्त देह के पड़ोस में तार और अलगनी पर टँगे कपड़े हैं। मेज पर दवाइयाँ, किताबों और ताश के पत्तों के अलावा तरह-तरह की शीशियाँ हैं जिन्हें शायद वह जमा करती रही थी।

आदमी कितनी सारी चीजों के बीच जीता है। मौत उसे कितनी सारी चीजों और लालसाओं से अलग कर जाती है। चीजें न होतीं तो सोफिया की तरह अकेले रहने वाले लोग और कितने ज्यादा अकेले मरते। अकेले मरने से बचने की खातिर ही

तो आदमी क्या-क्या नहीं करता है? क्या-क्या सहता है?

अगर सोफिया अपने आखिरी अनुभव को, अपनी देह को छोड़ने के अनुभव को व्यक्त कर पाती तो वह कितना निराला और निराशाजनक अनुभव होता। उस अनुभव में सर्दियों की रात का सन्नाटा होता। नींद में गई हुई बस्ती होती। भय, पीड़ा, तसल्ली और तकरीर का जिक्र होता। पानी के लिए मेज तक जाने की यातनामयी यात्रा की याद होती।

यह औरत जो इस वक्त इतनी ज्यादा मरी-मरी-सी थकी-थकी-सी और बुझी हुई नजर आ रही है। कभी कितनी ज्यादा जीवन्त और जीवित हुआ करती थी। मुझे याद है वह सोफिया जो अपने बरामदे में ग्रामोफोन पर चढ़े हुए किसी रिकार्ड पर देर-देर तक अकेले ही नाचा करती थी। मैं अपने घर की खिड़की से उसके थिरकते-थकते साँवले रंग के पैरों को देखता रहता। मेरी माँ उसे सोफिया का डांस कहा करती थी। माँ के लिए न उन अंग्रेजी गानों की धुनों को सह पाना सम्भव था और न ही उनके अर्थों का पकड़ पाना। माँ के लिए हॉकी के खेल के बाद टी शर्ट पहने घर लौटी हुई और देर-देर तक नाचती हुई सोफिया, अच्छी सोफिया नहीं हुआ करती थी।

बीस-बाईस बरसों बाद, मैं सोफिया के उन स्वस्थ, साँवले और थिरकते हुए पैरों को, उन पापुलर अमेरिकी गानों को जितना याद कर पाता हूँ, उनसे मुझे उन गानों के भीतर की पीड़ा, प्रेम और पागलपन की याद आती है। उस प्रेम की छायाएँ सोफिया के चेहरे पर चढ़ती-उतरती रहती थीं। वे दिन सोफिया के सुख के दिन रहे होंगे। सोफिया के सूफियाना दिन। अपने फैशनेबल फ्रॉकों, घुँघराले बालों, जूतों, बाइसिकल, गिटार और गानों के साथ बीतते हुए, एक चौबीस-पच्चीस बरस की लड़की के प्रेम के दिन।

किसी का न रहना, कभी उसके होने की कितनी याद दिलाता है। एक मरा हुआ आदमी हमें कितना ज्यादा और किस-किस तरह से जीने की तरफ ले जा सकता है। मैं सोचता हूँ कि हर मृतक हमें अपने जीने और मरने के बीच फैले अँधेरे और उजले गलियारों के बीच भी ले जाता है ताकि हम अपने जीने पर लौट सकें, अपने जीने की तरफ देख सकें।

सोफिया की उस उम्र में जब वह गिटार और गानों के बीच, खेल और खुशियों के साथ प्रेम के दिनों के पागलपन और पैशन में डूबी रहती थी कितना कुछ था जो आहिस्ता-आहिस्ता उससे छूटता गया, दूर होता गया। उसके परिवार में मृत्यु का सिलसिला शुरू हो गया। उस साउथ इंडियन आदमी ने उसके यहाँ आना छोड़ दिया। पहले-पहले सोफिया का मन ही बीमार रहा होगा और बाद में उसकी देह भी बीमार रहने लगी। हर दुखी आदमी की तरह उसका दुनिया और दोस्तों पर से भरोसा उठा होगा और शायद इसीलिए वह अक्सर गिरजे और ग्राटो की तरफ जाती हुई या वहाँ

से लौटती हुए नजर आया करती थी। एक बार मैंने उसके दुख को दरगाह के आँगन में भी उसके साथ खड़े हुए देखा था। उम्र के साथ-साथ आदमी कितनी चीजों को छोड़ता चला जाता है। उससे कितने लोग छूटते हैं, कितनी जगहें, कितने सपने और कितनी आकांक्षाएँ। फिर एक दिन आता है जब आदमी खुद को ही छोड़ देता है। मृत्यु का दिन। वह दिन जो सोफिया के जीवन में आया है। मेरे जीवन में आएगा। उस दिन के आने के बाद मैं भी सोफिया की तरह शान्त हो जाऊँगा। संसार के शोक और शोर से दूर। दुनिया के दुख और दर्द से अलग-थलग। एक दूसरी दुनिया की छाया में, जहाँ देवदूत होते हैं और देवता।

मैं अपने मकान की खिड़की से उस पीली दीवार के एक अंश को देख रहा हूँ जिसके करीब ही सोफिया चुपचाप, शान्त और निर्भय बनी हुई लेटी है। जीते चले जाने के संकट, सन्ताप और संघर्ष से मुक्त। जीने की लालसा, लालच और लगाव से अलग-थलग। उतनी ही मृत, जितनी उसके करीब टँगी हुई सन्त थेरेसा की धुँधली तस्वीर। बहुत पहले कभी सोफिया ने ही मुझे तस्वीर में खड़ी उस पवित्र आत्मा के बारे में बताया था। तस्वीर है पर सोफिया नहीं है। मैं हूँ लेकिन वह नहीं जिसने कभी सोफिया से उस सन्त के बारे में जाना था। आहिस्ता-आहिस्ता सब बदलता जाता है। हर आदमी धीरे-धीरे मरता रहता है।

क्या सोफिया की कुतिया के मन में वह व्याकुलता जाग रही होगी कि आज उसकी मालकिन अब तक क्यों नहीं जागी है? क्यों वे दोनों अपनी सुबह की सैर पर नहीं निकले हैं? क्यों आज उस घर में इतने लोग आ रहे हैं जिसमें कभी-कभार ही कोई जाया करता था? मैं खुद ही उस घर में बरसों बाद गया हूँ। कितना अजीब है कि मैं दुनिया-जहान में भटकता रहा हूँ लेकिन अपने पड़ोसी के घर में बीस बरसों से नहीं गया। वह भी उस पड़ोसी के यहाँ जो बीमार रह रहा था। बूढ़ा हो रहा था। अकेला रह रहा था। हमारे भीतर कहाँ से आती है यह उदासीनता कि हम अपने परिवार से, अपने पड़ोसियों से इतना ज्यादा कट जाते हैं, दूर चले जाते हैं?

सोफिया के शव के पड़ोस की मेज पर ताश के पत्ते ऐसे रखे थे कि कोई खेलते-खेलते बीच में उठ गया हो। वह शायद पेशंस खेलती रही होगी। पत्तों के करीब ही एक अधखुली किताब थी और उसे भी कोई पढ़ते-पढ़ते अधूरा छोड़ गया। मरते-मरते तक आदमी जीता चला जाता है। जीने की आदत आखिरी तक नहीं छूटती होगी। शायद इसीलिए मरे हुए आदमी के पड़ोस में, पानी का गिलास होता है, दवाइयों की शीशियाँ, आधी खुली हुई पुस्तक, बिखरे हुए ताश के पत्ते, जीवित रह गए लोग-बाग, रोशनी का कोई टुकड़ा, हवा से हिलता हुआ परदा, दरवाजे से आता हुआ शोर।

कुछ देर के बाद सोफिया की शवयात्रा की तैयारियाँ शुरू हो जाएँगी। कोई ताबूत तैयार करवाने के लिए जाएगा कोई पादरी के घर। किसी को मौत की खबर

पहुँचाने के लिए जाना होगा और कोई शव के करीब मोमबत्तियाँ जलाएगा, मृतक की उँगलियों के बीच रोजरी रखेगा। दुपहर ढलने-ढलने तक सोफिया कब्र के अँधेरे में चली जाएगी। सुबह के उजाले में चमकता सोफिया का उजला चेहरा, शाम के आते-आते एक अज्ञात अँधेरे में डूब जाएगा।

शायद सोफिया की कब्र के आसपास उन लोगों की कब्रें भी होंगी जिनके साथ और बीच में उसने अपने जीवन के कई बरस बिताए थे और जिनके बिना भी कई साल। सोफिया उनके लिए इस दुनिया की खबरें ले जाएगी और वे सब उसे उस संसार के समाचार सुनाएँगे। यह भी हो सकता है कि सोफिया को वहाँ अकेले ही ताश नहीं खेलना पड़ेगा। कल सुबह जब सोफिया दूसरी जगह पर, दूसरे जन्म में, दूसरी दुनिया में अपनी आँखें खोलेगी तब अपनी कुतिया को न देखकर उसे निराशा मिलेगी। यहाँ कुतिया उदास होगी और वहाँ सोफिया। क्या मृत्यु के बाद भी मोह बना ही रहता है, माया बची ही रहती है? कल मृतकों की दुनिया में किसी बूढ़े के साथ सैर करते हुए सोफिया अपनी कुतिया का जिक्र करेगी और वह बूढ़ा किसी पुराने पेड़ की तरफ देखते हुए हँसता रहेगा।

कितना मोह, कितनी माया और कैसी ममता हमारे जीवन की पोटली में जमा होती जाती है। हमारा सारा जीवन तरह-तरह की मोहमाया से बँधा चला जाता है, खिंचा चला आता है और फिर एक दिन आता है। आता ही है जब हमारे मोह, हमारी माया एक तरह के मार्मिक और शाश्वत मौन में डूब जाती है। इसी मौन को हम लोग मृत्यु कहकर भी पुकारते हैं। मैं सुबह से ही मृत्यु को लेकर, क्या-क्या और कितना ज्यादा सोच रहा हूँ।

मुझे लगता है कि मृत्यु के बारे में बीच-बीच में सोचना, अपनी मौत पर कभी-कभार लौटना, मौत से हमारी पहचान करवाता होगा और इस तरह जब कभी वह हमारे पास आती होगी तब वह हमारे लिए बिल्कुल ही अजनबी नहीं होती होगी। शायद इसीलिए भी संन्यासी मोक्ष और मृत्यु पर इतना अधिक सोचते होंगे। इससे उन्हें अपने जीने में भी मदद मिलती होगी और मरने में भी। पर क्या संन्यासी मौत के पास उसके पड़ोसी की तरह जाता होगा, क्या उसके लिए मरना तकलीफदेह अनुभव नहीं होता होगा?

माँ ने सोफिया की कुतिया और तोते के लिए खाना भिजवाया है। वह कुतिया और तोते के भविष्य के बारे में चिन्ता कर रही है। मेरे पास आकर माँ कह रही हैं—

"मैं अपनी शादी के बाद यहाँ आई तो यह छोटी-सी बच्ची थी...तुम्हारे बाबा इसे पढ़ाते थे...बहुत दुख उठाया इसने..."

माँ उसके छोटे-छोटे पैरों के जूतों के लिथड़ते हुए फीतों को याद कर रही है और मैं उन पैरों को जो अमेरिकी गानों की धुनों पर देर-देर तक थिरकते रहते थे। अब सोफिया के भीतर मृत्यु का नृत्य हो रहा है। मृत्यु का नृत्य। इन शब्दों से मुझे इंगमार

बर्गमैन की बरसों पुरानी फिल्म का वह दृश्य याद आता है जिसमें मृत्यु एक जीवित आदमी के साथ शतरंज खेलती रहती है। मृत्यु अभी सोफिया के घर में अपना खेल खेल रही है। सोफिया चुप है। उसका आसपास भी। दुपहर ढलते-ढलते तक न वह खुद रहेगी और न मृत्यु के बाद का आसपास।

मेरी कल की सुबह सोफिया के बिना शुरू होगी। कल की सुबह मेरे बिना भी शुरू हो सकती है। दूसरों की बात अलग रही, जीने के मामले में हम अपनी ही कोई गारंटी नहीं दे सकते हैं। आज सोफिया नहीं रही कल इस इलाके का और कोई नहीं रहेगा। धीरे-धीरे वे लोग भी इस दुनिया को छोड़ चुके होंगे जिनके साथ कभी मैंने अपने जीने की शुरुआत की थी।

कुछ ही बरसों के बाद ये दुनिया दूसरे लोगों की होगी। दूसरे ढंग की होगी। मेरे बिना भी यह संसार अपनी पुरानी और सहज गति से चलता रहेगा। कितना अजीब है कि जिस जिन्दगी को पाने, पकड़ने और बाँधने के लिए हम इतना कुछ करते हैं, कितना कुछ सहते हैं, इतना-इतना और कैसा-कैसा दुख उठाते हैं, वही जिन्दगी एक दिन हमारे न चाहते हुए भी, हमें छोड़कर हमेशा के लिए चली जाती है। हम जो कुछ भी छोड़ने के लिए जरा-सा भी तैयार नहीं होते हैं, सारी जिन्दगी पकड़ने, पाने और समेटने की चिन्ताओं और कोशिशों के साथ गुजारते चले जाते हैं, एक दिन कुछ भी पकड़ नहीं पाते। स्वयं किसी के हाथों बुरी तरह पकड़ा जाते हैं वह हमारा हमेशा के लिए, आखिरी बार पकड़ा जाना होता है।

सोफिया के मरने के साथ-साथ मेरे मरने की भी शुरुआत हो रही है। पर कहीं यह जीने की शुरुआत तो नहीं है, कहीं यह मेरे सचमुच में देखने-समझने की पहली सुबह तो नहीं है? मैं देखना शुरू कर रहा हूँ। मैं जीना शुरू कर रहा हूँ। यह सोफिया की मृत्यु का दिन होगा पर शायद मेरी मुक्ति का दिन। यह मुझे क्या होता जा रहा है, मैं क्यों इतना ज्यादा भटक और बहक रहा हूँ?

अन्तिम शुरुआत

आगस्तीन वार्ड की खिड़की से अस्पताल को घेरे हुए फेंस पर बैठा हुआ नीलकण्ठ का जोड़ा नज़र आता है। नवम्बर की सुबह। कहीं से आती परिन्दों की चहचहाहट। दूर खड़ा एक छोटा-सा, पीली दीवारों का क़स्बाती गिरजाघर। हवा में उड़ता हुआ-सा उसका क्रॉस और पड़ोस में टँगा लोहे का घण्टा। खिड़की से ही नजर आती पहाड़ियाँ, पेड़, मकान, झाड़ियाँ, पगडण्डियाँ और चढ़ती हुई सर्दियों की धूप। बीच-बीच में कुछ आदिवासी औरतें सिर पर लकड़ियों का गट्ठर उठाए हुए हाट की तरफ बढ़ती रहती हैं। अस्पताल के आसपास पुराने और घने जंगल हैं। इसके पड़ोस में ही एक पहाड़ी पर महादेव का बरसों पुराना मन्दिर है और वहीं बहता हुआ एक पहाड़ी झरना। इनके बारे में मुझे मेरी बिटिया ने बताया था। मुझे यहाँ छोड़ने के लिए वह अपनी माँ के साथ आयी थी।

सुबह के समय मैं वार्ड की इसी खिड़की पर खड़े हुए, इस पराए परिवेश की परायी जिन्दगी और हलचलों को देखता रहता हूँ। अभी इस वार्ड में मैं अकेला ही हूँ। मेरी जाँच चल रही है। डाक्टरों को लग रहा है मेरी देह के भीतर कुछ भयावह घट रहा है। वे सोच रहे होंगे कि मैं धीरे-धीरे मर रहा हूँ। धीरे-धीरे मरते चले जाना। पर कौन है जो धीरे-धीरे मर नहीं रहा है? हम जिसे जीना कहते हैं, वह धीरे-धीरे मरते जाना ही तो है। मैंने इस बात को एक दिन एक बूढ़ी, बंगाली नर्स से कहा था और वह कुछ सहम-सी गयी। वैसे भी मैं उसे एक सनकी सिरफिरा मरीज नजर आता हूँ। पचास के आसपास खड़ा एक साँवला और कमजोर आदमी जो बिस्तर पर लेटे हुए न जाने क्या-क्या और कितना कुछ सोचता रहता है।

मैं सोचता कुछ भी नहीं हूँ। मैं सिर्फ याद करता हूँ। दरअसल मैं याद भी नहीं करता, मुझे कुछ याद आने लगता है। बरसों पहले का अपना जमाना। मेरे बचपन का भूला-बिसरा जीवन। ऐसा बहुत कुछ जो पहली बार मेरे भीतर लौट रहा है, जो मुझे कहीं बार-बार लौट रहा है। कभी-कभी तो लगता है कि यह सब मेरे साथ कभी भी, कहीं भी नहीं घटा था। पर चेहरे परिचित होते हैं, उनकी आवाजें जानी-पहचानी। मैं स्वयं उन बरसों पहले बीत रही बातों के बीच खड़ा हुआ होता हूँ। पुरानी छत पर माँ लाल मिर्च से भरे हुए सूप के करीब नानी के बाल सँवार रही होती है। मेरी बहनें

साँप-सीढ़ी का खेल खेलती रहती हैं। मैं मुँडेर पर खड़ा हुआ, कनेर के पेड़ के नीचे माला जपते हुए जस्टीन अंकल की तरफ देखता रहता हूँ।

''क्या आपकी नींद पूरी होती है?'' यहाँ का युवा डाक्टर पूछता है।

''मैं साफ-साफ बता नहीं सकता,'' मैं कहता हूँ।

''आप कहना क्या चाहते है,'' डॉक्टर चौंकता है।

''मेरे साथ बहुत कुछ घटता रहता है...मैं बहुत कुछ देखता रहता हूँ लेकिन मुझे समझ में नहीं आता कि मैं नींद में हूँ या जाग रहा हूँ...''

वह युवा डॉक्टर मेरी पूरी बात नहीं सुनता। वह बाजू खड़ी नर्स से कुछ कहते हुए वार्ड से बाहर चला जाता है। वह डॉक्टर भी मुझे अजीब-सा मरीज समझता है जो न जाने क्या-क्या बकता रहता है, इतना ज्यादा बोलता है और जिसे पचास बरस की उम्र में अपने बचपन के मकान की छत पर सूखती हुई बड़ियों, सेवइयों और मिर्चों का ख्याल आता रहता है। वह जाते वक्त मेरे कन्धे को थपथपाता है। अंग्रेजी में कुछ कहता है जिससे मुझे तसल्ली मिल सके। डॉक्टर के साथ आयी अधेड़ उम्र की नर्स मुझे दरवाजे से मुड़कर देखती है और शायद उसे मैं ऐसा आदमी जान पड़ता हूँ जो तसल्लियों के परे चला गया है। किसी भी उम्मीद के बिना। जीने के लिए जरूरी निष्ठा के अभाव में जीता आदमी। जीवन की आखिरी देहरी पर साँस लेता हुआ एक अध्यापक।

अस्पताल की गोल घड़ी में दस बज रहे हैं। मेरी बिटिया अपनी कम्प्यूटर की क्लास से लौटी होगी। उसकी माँ रसोई में खाना बना रही होगी। बिटिया ने अपनी किताबों, चाबी और पर्स को टेलीफोन के करीब रखा होगा। बिटिया की याद से मैं धीरे-धीरे इस आधुनिक लेकिन अवैयक्तिक कमरे से निकलकर अपने घर के जाने-पहचाने परिवेश में पहुँच रहा हूँ। मैं अपने पहले मंजिल के घर की पत्थर की पुरानी सीढ़ियों पर चढ़ने लगा हूँ। अब मैं मकान की दहलीज पर खड़ा हूँ और मेरी बिटिया अपनी माँ से कह रही है–

''क्या बाबू की चिट्ठी आयी?''

''नहीं।''

''उनकी तबीयत तो ठीक होगी।''

''ऐसी कोई बात होती तो डॉक्टर हमें जरूर फोन करते।''

''मुझे बाबू के लिए डर लगता रहता है–मैं सण्डे को उनके पास जाऊँगी।''

''अकेले?''

''नहीं...बण्टी मेरे साथ जाएगा।''

''तुम उसके साथ नहीं जाओगी...तुम्हारा जाना भी जरूरी नहीं है।''

''मैं जाऊँगी...अकेले जाऊँगी।''

''ममता...अब तुम बच्ची नहीं रहीं।''

"इसमें कौन-सा बचपना है?"

"तुम दोनों ने मुझे पागल कर दिया है...अस्पताल के लोग तुम्हारे बाबू को पागल समझते हैं...वहाँ वे हरकतें करते रहते हैं और यहाँ पर तुम हैरान करती रहती हो..."

अपनी माँ के चिढ़ जाने पर ममता दीवान पर लेट गयी है। और धीरे-धीरे आधा सच्चा और आंधा झूठा रोना रो रही है। अब मेरी पत्नी चाय लेकर मम्मू के पास जा रही है और बण्टी के साथ उसके मेरे पास आने के लिए अपनी सहमति दे रही है। मेरी पत्नी और बिटिया के बीच हमेशा से एक तरह की म्युच्युअल अण्डरस्टेण्डिंग रहती आयी है। दोनों के बीच बहुत बातचीत होती है और कभी-कभी तीखी बहसें भी। वे दोनों सखियों की तरह एक-दूसरे को समझने और सहने का प्रयत्न करती रहती हैं। कभी-कभी उन दोनों के रिश्तों को देखकर मुझमें ईर्ष्या जागती है। अपनी बिटिया के साथ मेरे सम्बन्ध न कभी बहुत अच्छे रहे और न ही बहुत खराब लेकिन हमारे विवाह के चौबीस बरसों में अपनी पत्नी के साथ मेरा रिश्ता या तो तनावपूर्ण रहा है या उदासीनता से भरा हुआ। हम एक-दूसरे के लिए बने ही नहीं थे। एक-दूसरे के लिए बन पाने का हम में से किसी ने भी प्रयत्न भी नहीं किया। अन्ततः एक दूसरे को समझाते-सताते और सहते हुए चौबीस बरस बीत ही गये। धीरे-धीरे सब कुछ सम्हल और सँवर जाता है। हर तरह की पीड़ा का कोई न कोई अन्त होता ही है। पीड़ा स्वयं अपने आपसे परेशान हो जाती है, अपने होने पर पछताने लगती है। अपनी मुक्ति के लिए प्रार्थना करना शुरू कर देती है।

बचपन में माँ और बाबू कितना ज्यादा लड़ते-झगड़ते थे। मेरे स्कूल आने के वक्त शुरू हुई उनकी लड़ाई मेरे स्कूल से लौटने तक खत्म नहीं होती। मैं स्कूल में डरता रहता कि घर में न जाने क्या-क्या हो रहा होगा। शाम तक उनकी लड़ाई शान्त हो जाती। अम्मा खाना बनाने के लिए रसोई में चली जाती और बाबू ट्रांजिस्टर पर अलग-अलग रेडियो स्टेशनों की खबरें सुनते रहते या अखबारों-पत्रिकाओं को पढ़ने लगते। मैं और मेरी दोनों बहनें अपना-अपना स्कूली बस्ता लेकर पढ़ने के लिए बैठ जाते और कोई अपने सवालों के साथ बाबू के पास जाता और कोई अम्मा के पास। मैं अपनी समस्याओं को माँ से ही सुलझाता था। वह मेरे सवालों को सुलझाती भी थी और समझाती भी थी। वह कहा करती थी कि सवाल को ठीक-ठीक समझना उसका एक हद तक सुलझाना है। मैं मैट्रिक में आने तक माँ से पढ़ता रहा। वह दिन में मेरी किताबें पढ़ती और रात में मुझे पढ़ाती। हम दोनों पीली दीवारों की रसोई में ही पढ़ते रहते। कितना कुछ सीखा था मैंने माँ से। कितना कुछ था जिसे मैंने माँ से ही जाना था।

मेरा बहुत मन था कि मेरे विवाह के बाद माँ हमारे साथ ही रहे, लेकिन ऐसा ज्यादा दिनों तक सम्भव नहीं हो सका। माँ पहले छोटी बहन के साथ और बाद में

अकेले ही रही। माँ हमारे साथ रह पाती तो मेरा जीवन कुछ अलग हो पाता और कुछ-कुछ अच्छा और अलग भी। मेरी बिटिया को माँ से काफी कुछ मिल सकता था। माँ की यह विडम्बना ही रही कि अपने तीन-तीन जवान बच्चों के एक ही शहर में होने के बाद भी वे अपने मरने के दिनों में और मरते वक्त अपनी नौकरानी के साथ रह रही थीं।

मेरी अपनी ही कुछ भूलों से मेरी बिटिया की भी मुझमें ज्यादा दिलचस्पी नहीं रही और वह अपनी माँ के करीब जाती रही। अपनी बिटिया के साथ मेरी पत्नी का सम्बन्ध पहले से ही मजबूत और गहरा बना रहा। मेरे साथ कभी नहीं। ऐसा होता है। एक आदमी, एक दूसरे आदमी से बिल्कुल सहज और सरल सम्बन्ध बना पाता है, लेकिन वही आदमी अपने किसी दूसरे सम्बन्ध में असहज हो जाता है, विफल हो जाता है। यही शायद रिश्तों की जटिलता होती है और रिश्तों के बीच प्रेत-सा घूमता-भटकता जोखिम भी।

छुटपन में माँ मेरे साथ कितना खुश रहा करती थी, लेकिन वही माँ बाबू के सामने कैसी हो जाया करती थी? कभी-कभी वह बाबू के लिखने की मेज पर मेरे साथ शतरंज खेलती रहती थी। उनका समूचा मन खेल में डूबा होता। शतरंज का खेल उनके लिए एकदम जीवित बात बन जाता और तभी बाबू आ जाते और माँ का मन खेलने से उचटने लगता। वह बाबू के कमरे से बाहर निकलने के लिए मचलने लगती और कभी बेवकूफ चाल से हार जाती या बीच में ही हार मान लेती। बाबू जब तक घर में रहते तब तक अम्मा के अन्दर किसी दूसरी गुमसुम, गमगीन और गम्भीर औरत का प्रेत बैठा रहता और बाबू घर की सीढ़ियाँ उतरते और वह प्रेत गायब हो जाता।

इस तरह जाड़े का वह मनहूस दिन आया था। बाबू हमेशा के लिए चले गये। उनकी मौत दूसरे शहर में एक पुराने मन्दिर के शीशम के पेड़ के नीचे हुई। उस रोज वे अपने अखबार के लिए रिपोर्टिंग करने गये थे। विधानसभा की इमारत की तरफ अपनी माँगों के साथ बढ़ते हुए भोले-भाले आदिवासियों पर गोलियाँ चलायी गयीं और काफी लोगों की जानें सड़क पर ही चली गयीं। बाबू यह सब सह नहीं सके। उस वक्त ही उन्हें पहली बार दिल का दौरा पड़ा। उनके साथ गया फोटोग्राफर उन्हें अस्पताल ले जा रहा था और आटो में ही वे कहीं और चले गये। किसी आदमी को बचाने के लिए कितना कुछ किया जाता है लेकिन बचता कौन है? अन्ततः आदमी मरता ही है। मरना ही निश्चित होता है। शायद जीवन दुर्घटना है। फिर क्या मौत मनुष्य की मुक्ति है? उसके जीवन की अन्तिम सान्त्वना?

इस कस्बाती अस्पताल में मुझे बचाने के लिए किस्म-किस्म की जाँच की जा रही है। पहली बार मेरी देह के बारे में दूसरे लोग मुझसे ज्यादा और इतना ज्यादा सोच रहे हैं। एक तरफ डॉक्टर मेरे जीते चले जाने के लिए मेहनत कर रहे हैं और दूसरी तरफ मैं अपनी मृत्यु के विषय में सोचता चला जा रहा हूँ। अपनी मृत्यु के बारे में या

अपने जीवन के बारे में?

"आपकी बिटिया का फोन आया है!" नर्स आकर बताती है।

मैं गलियारे की दीवार पर टँगे हुए फोन के पास खड़ा हुआ हूँ। नवम्बर के दिनों की धूप में कुछ मरीज अस्पताल के छोटे से पार्क में बैठे हुए हैं। रेसिडेण्ट डॉक्टर का छोटा-सा लड़का तीन पहियों की साइकिल पर बैठा हुआ है। थोड़ी दूरी पर जलायी गयी पत्तियों से धुआँ उठ रहा है और थोड़ी-थोड़ी आग भी। फोन की घण्टियाँ लौटी हैं।

"बाबू मैं सण्डे को आ रही हूँ।" बिटिया कह रही है।

"क्या माँ भी आ रही है?"

"उन्हें स्कूल का कुछ काम है...मेरे साथ बण्टी रहेगा...हम लोग शाम की ट्रेन से लौट जाएँगे...आपके लिए कुछ लाना है?"

"मेरे कमरे में टाइपराइटर के पास मार्को पोलो पर एक किताब रखी है...मैं उसे पढ़ रहा था...मेरा ट्रांजिस्टर भी साथ लाना...यहाँ अखबार लेट आता है..."

"बाबू...आप ज्यादा चिन्ता नहीं करना...सब ठीक हो जाएगा...आप बहुत ज्यादा सोचते हैं..."

"ठीक है...मैं तुम्हारा इन्तजार करूँगा।"

बिटिया के फोन से, उसके आने की खबर से मार्को पोलो की याद से, मेरे लिए बिटिया की चिन्ता से मुझे थोड़ी-सी तसल्ली मिली है। मैं इस सुकून की छाया में सर्दियों के दिनों की माया पर ठहरने लगा हूँ। महुए के पेड़ की पत्तियाँ हिल रही हैं। उसके नीचे फाख्ता घूम रहा है और उस सुन्दर पक्षी को वह छोटा-सा बच्चा देखता चला जा रहा है।

सर्दियाँ आती थीं। रजाइयाँ और गरम बनियानें निकलती थीं। माँ घर के आँगन में आये अमरूदों को चुन-चुनकर जेली बनाने के लिए खरीदा करती थी। घर में चटनी, मुरब्बे और तरह-तरह के हलवे बनाने का एक सिलसिला-सा शुरू होता। इन दिनों की दुपहरों में बुआ का रोज ही हमारे घर आना होता। वे अपने साथ चौसर का बोर्ड, उसकी गोटियाँ और कौड़ियाँ ले आतीं। इनके लिए उन्होंने एक अलग-सी थैली तैयार कर रखी थी। उनके जूट के बैग में पान का पिटारा भी होता और एल्युमिनियम के डिब्बे में रखी मठरियाँ भी जिन्हें वह मेरे लिए ले आती थीं। मेरे लिए, जो उन्हें अपने भाई के बचपन की याद दिलाता था और इस तरह उनके अपने बचपन की भी।

पहले बाबू गुजरे। फिर बुआ नहीं रही। चौसर के खेल का घर के बरामदे में खेला जाना बन्द हो गया। बुआ की लड़की का किसी शादीशुदा आदमी से प्रेम हो गया। कुछ दिनों के बाद उस आदमी ने धोखा दे दिया। शुरुआत में कजिन बीमार होती रही और बाद के दिनों में पागल-सी हो गयी। उसे लेकर ही मैं और बुआ एक दरगाह में गये थे। दरगाह के करीब कितने ही उदास लोग थे, कितने ही दुःख में डूबे

चेहरे। वहाँ के लोगों को उनकी पीड़ा और प्रार्थना के साथ देखना, अपनी इस लहूलुहान दुनिया के एक और आयाम को समझना था। एक और प्रकार को पकड़ना था। जीवन की एक अजनबी लिपि को पढ़ने का प्रयत्न करना था। जीवन की अपनी अधूरी और अमूर्त लिपि के बारे में जानने की शुरुआत करना था।

हमारी पीली, पुरानी और पगली दुनिया में ऐसी कितनी जगहें हैं जहाँ जीवन के भयावह रक्तरंजित और असहनीय चेहरे नजर आते हैं। बरसों पुराना यह कैंसर अस्पताल भी ऐसी ही एक जगह है। कई लोगों के जीवन के आखिरी दिनों का बसेरा। मरणासन्न लोगों का कुम्भ। यहाँ देह निराश होती चली जाती है। उसका निरन्तर नाश होने लगता है। अभी मेरी देह की स्थिति सन्दिग्ध है। अभी तक मेरी देह को ठीक से पढ़ा नहीं जा सका है। अभी तक मेरी देह डाक्टरों के लिए मोहनजोदड़ों सभ्यता की लिपि की तरह है जिसे पढ़ा नहीं जा सका है। अभी वे किसी फैसले पर नहीं पहुँचे हैं। मैं जब जाँचों के लिए अस्पताल के गलियारे से गुजरता हूँ तभी मुझे महसूस होता है कि मैं इस जगह पर शायद मेरे भीतर कैंसर होने के सन्देह से लाया गया हूँ।

यहाँ आने पर ही जाना है कि जीना तो कठिन होता है, लेकिन मरना भी आसान बात नहीं है। देह कितनी निर्लज्जता और निर्ममता के साथ हमारे मन को सताती रहती है। मरणासन्न आदमी न चाहते हुए भी कितने नरकों से गुजरता है। कैसे-कैसे अजनबी और असहनीय अनुभवों को सहता है। क्या मेरे साथ भी यही सब घटेगा? क्या मेरी पत्नी और बिटिया भी मेरे जीते चले जाने से परेशान होने लगेंगी?

बरसों पहले अपने कॉलेज के दिनों में मेरी एक अविवाहित और अन्धी मौसी कैंसर के साथ अपने आखिरी दिनों में हमारे घर पर रहने लगी थी। मैं उसकी यातना को देखने से बचने के लिए ज्यादातर वक्त घर से बाहर ही गुजारा करता था। अब अपनी यातना से बचने के लिए मैं क्या अपने से बाहर जा सकूँगा? कितना अजीब है कि हम जिन चीजों से बचना चाहते हैं वही चीजें हमें घेरने लगती हैं। घेर ही लेती हैं। हम उनसे घिर ही जाते हैं।

कस्बाती जाड़े की इन उज्ज्वल सुबहों में, जब धूप इतनी मनोहर हो जाती है, मैं अस्पताल के आगस्तीन वार्ड में चहलकदमी करता हुआ श्मशान की एक शाम को याद करने लगता हूँ। अपनी उस याद में मैं बरगद के एक पेड़ के नीचे बने हुए गोल चबूतरे पर बैठा रहता हूँ। मेरे पीछे एक दूसरे चबूतरे पर शिव की नीली प्रतिमा बैठी हुई होती है। मेरे आसपास चिताएँ जलती रहती हैं। उनसे आग की लपटें और धुआँ निकलता रहता है। ढलती शाम में श्मशान के ऊपर परिन्दों का झुण्ड मँडराता रहता है। जली हुई, बुझती हुई, सजती हुई चिताओं के आसपास मैं उन चेहरों को देखता हूँ जिनसे कभी मेरा आत्मीय रिश्ता रहा था। वे पिता, बुआ और माँ के चेहरे होते हैं और उनके बीच में मेरा अपना मरा हुआ चेहरा। मैं अपने मृत चेहरे की आँखों में झाँकता रहता हूँ। मैं अपने आपको अपनी चिता पर लेटे हुए देखता रहता हूँ। फिर

आग की लपटें मेरे आसपास जन्मती हैं और मैं गिड़गिड़ाते हुए कहता हूँ—'मैं सिर्फ एक बार उस कनेर के पेड़ को देखना चाहता हूँ।'

मैं श्मशानों में बहुत कम गया हूँ। मेरा अस्पतालों से भी ज्यादा वास्ता नहीं पड़ा है। पर इन दिनों में मैं अस्पताल की दुनिया में ही रमता चला जा रहा हूँ। जब यहाँ आ रहा था तब हेमिंग्वे की अपनी कुछ आत्मीय पुस्तकों को सूटकेस में रखा था कि नयी जगह के शान्त वातावरण में इनको दुबारा पढ़ूँगा। मेरे पलंग के पास ही टेबल लैम्प था और उसे देखकर मैं बहुत खुश हुआ था। अस्पताल में बीस दिन होने आये हैं और मैंने उन किताबों में से एक पन्ना भी नहीं पढ़ा है। अखबारों के लिए हमेशा उत्सुक रहती आयी मेरी निगाहें थोड़ी ही देर में अखबार से अलग खड़ी हो जाती हैं। यह शायद मेरे मरने की शुरुआत के दिन हैं। मृत्यु के पहले के निष्प्राण और नीरस दिन।

पहली बार मैंने अस्पताल के संसार को अपने छोटे चाचा की मौत के वक्त गहराई से महसूस किया था। वे म्योर मेमोरियल अस्पताल के बोहरा वार्ड में मरे थे। वे नौ दिनों तक कोमा में रहे और मैं नौ दिनों तक अस्पताल के गलियारे की बेंच पर सोता जागता रहा था। उस वक्त ही मैंने पहली बार दोस्तोएव्स्की के उपन्यास क्राइम एण्ड पनिश्मेण्ट को पढ़ा था। उन नौ दिनों में लोगों को मरते हुए देखकर, एक-एक साँस के लिए तड़पता देखते हुए, मैं अपने आपको बड़ा होता हुआ महसूस कर रहा था। तब मैं बीस का रहा होऊँगा। मैं बड़ा हो रहा था। मैं दोस्तोएव्स्की की निगाहों से दुनिया को देखना शुरू कर रहा था। शायद मैं देखने की ही शुरुआत कर रहा था। पर मैं सचमुच अब देखना शुरू कर रहा हूँ। अपने आखिरी दिनों में अपनी अन्तिम घड़ियों के वक्त।

इधर मैं बड़ा नहीं, बूढ़ा हो रहा हूँ। एक किस्म की पथरीली थकान मेरी रगों में बहने-बसने लगी है। मैं अपने भीतर बनते हुए विषाद को किसी को दिखाना चाहता हूँ लेकिन इतनी उम्र में मेरे पास ऐसा एक भी व्यक्ति नहीं है जिसके सामने मैं सहजता के साथ अपनी पीड़ा की पोटली खोल सकूँगा। मैं शुरू से ही दूसरों के प्रति लापरवाह और उदासीन रहा हूँ। मैं लोगों से बचता आया हूँ। मैं दूसरों को नर्क समझता रहा हूँ। मुझे अब समझ में आने लगा है कि अपना स्वर्ग बिना दूसरों के नहीं रचा जा सकता। पर अब बहुत देर हो गयी है। अब किसी के पास लौटना मुश्किल होगा। मुझे अपने पास ही बार-बार लौटना होगा और मैं इन दिनों अपने पास ही लौट-लौट रहा हूँ। अपने पास नहीं तो और किसके पास लौट सकता हूँ?

ऐसी घनघोर निराशा के बीच भी मेरे लिए एक उम्मीद बची नजर आती है और वह मेरी बिटिया है। वह मुझे समझने की कोशिश करती है। मेरा घर में न होना उसे अखरता है। वह अपनी तरह से मेरे लिए कुछ कर पाने की आकांक्षा लिए हुए रहती है और इसे मैं उसकी खामोशी में भी पकड़ लेता हूँ। तेईस बरस की उम्र में ही वह

खामोशी के साथ किसी के लिए कुछ कर पाने की चेष्टा करना चाह रही है। मेरे करीब होने पर वह बहुत कम बोलती है। हम दोनों देर-देर तक खामोशी को बाँटते रहते हैं।

कभी-कभी उसे देखकर उसकी उम्र में खड़े हुए खुद की याद आ जाती है। मैं भी इसी तरह अपने में सिमटा-लिपटा रहता था। म्यूजियम के पार्क में बैठा हुआ अपने कॉलेज की पढ़ाई करता रहता और जब पढ़ने में जी नहीं लगता तब प्राचीन मूर्तियों, लिपियों और शिलालेखों के बीच भटकता रहता। पार्क में भी मूर्तियाँ थीं। सेमल के पेड़ के नीचे बैठे हुए जैन तीर्थंकर। किसी पुराने काल के मन्दिर के भग्नावशेष। मैं गणित की गुत्थियों के बारे में सोचता हुआ, पेड़ों और खँडहरों के बीच भटकता रहता था। माँ कहा करती थी 'तू बाद में पछताएगा'। माँ की बात सच निकली। मैं निरन्तर अकेला होता गया और इतना अकेला कि बीस दिनों से यहाँ हूँ। कैंसर होने की आशंका के बीच खड़ा हूँ लेकिन मेरी पत्नी और बिटिया के सिवाय, न किसी ने मेरी सुध ली है और नहीं कोई मेरी सुध लेगा। यही मेरी विडम्बना है और यही मेरी नियति। मुझे मेरे अपराधों की यह सजा मिलनी ही थी। प्रकृति हमें कभी माफ नहीं करती, लेकिन वह बार-बार हमें आगाह जरूर करती रहती है। हम उसकी आवाजों को जब अनसुना कर देते हैं तब वह भी हमारी एक भी नहीं सुनती है। इस तरह हम अकेले होते जाते हैं। हम जीवन से दूर जाने लगते हैं। हम मृत्यु की राह देखने लगते हैं।

मैं इन अस्पताली दिनों में यही कर रहा हूँ। जीने के लिए मेरी लालसा दुबली होती जा रही है। मेरे मरने की शुरुआत हो चुकी है। मैं धीरे-धीरे मर रहा हूँ। मृत्यु मेरी प्रतीक्षा करने लगी है। मैं मृत्यु के करीब जा रहा हूँ। मैं जीवन से दूर होता जा रहा हूँ। मैं एक शुरुआत कर रहा हूँ। अपने आप को देखने की शुरुआत। अपने आस-पास को देखने की शुरुआत। अपने जीवन की पहली और अन्तिम शुरुआत।

दूसरा प्रेम

हंसा

हंसा को अपने फ्लैट की आखिरी सीढ़ी पर उस किताब का ख्याल आया। वह अपने घर की तरफ लौटने लगी। उसने दरवाजे पर टँगा ताला खोला। पहले कमरे में ही रैक से उस पुस्तक को निकालकर अपने बैग में रखा। वह पंखे को बन्द करना भूल गयी थी। मई के आखिरी दिनों में दुपहर के इस वक्त में निर्मल अपार्टमेण्ट्स के ज्यादातर फ्लैट्स भीतर से बन्द थे या बाहर से। अपार्टमेण्ट के कम्पाउण्ड में कूलरों के शुरू होने की आवाजें थीं। इन दिनों में यह तीन सौ साल पुराना और अब छोटा नहीं रह गया शहर बहुत ज्यादा तपता है। अब सड़कें वीरान पड़ी रहती हैं और इस वक्त में दुकानें बन्द हो जाती हैं। लोग घरों, दफ्तरों, थियेटरों, रेस्तराओं, अस्पतालों, और पार्कों में होते हैं और चौराहों पर पेड़ों की छायाओं में इक्के-दुक्के ऑटो या रिक्शा नजर आ जाते हैं।

हंसा ऑटो स्टैण्ड की तरफ बढ़ रही है। उसने छोटा-सा छाता तान रखा है और स्कार्फ बाँध रखा है। इन दुपहरों की शान्ति, निर्जनता और उदासी के बीच हंसा को बरबस ही गर्मियों का एक और मौसम याद आने लगता है। वह उन दिनों में न लौटना चाहती है और न ही उन दिनों को लौटाना चाहती है लेकिन वह अक्सर उन दिनों की धूल और राख और हवाओं के बीच आ ही जाती है।

वे दिन भी गर्मियों के हुआ करते थे और वह अपने बूढ़े और बीमार पिता के पास अपनी बीमार बच्ची को छोड़कर कोर्ट की तरफ जाती रहती या वहाँ से लौटती रहती। उसका मन अपनी बीमार बिटिया पर लगा रहता और कोर्ट के उस रूम में कितना कुछ असहनीय सुनना पड़ता। कैसे-कैसे सन्तापों के बीच सुलगना होता। कितने अप्रत्याशित, असहनीय, अराजक, अँधेरे और अश्लील थे वे दिन। उन दिनों में ही पहले उसके पिता गुजर गये और बाद में उसकी दो बरस की बिटिया। वह अचानक अत्यधिक अकेली हो गयी। एक किस्म की विराट विवशता और विषाद ने उसे घेर लिया। सत्ताइस बरस की उस उम्र में, वैसी विराट व्यथा को झेल पाना हंसा

के लिए मुश्किल बात थी लेकिन हर मुश्किल की तरह उस मुश्किल का भी अन्त हो गया। उन मुश्किल दिनों ने उसे एक नया आत्मविश्वास दिया और एक नया आत्म भी। पुरानी हंसा का मरना शुरू हुआ और नयी हंसा का जीना। पर जिस तरह पुरानी हंसा के बीच से नयी हंसा जनमी थी उसी तरह कभी-कभी नयी हंसा के भीतर से पुरानी हंसा का जन्म होता रहता था। वह इधर से उधर, इन दिनों से उन दिनों में इस शहर से उस शहर में जाती रहती थी।

ऑटो में मधुबाला की तस्वीर थी। उसमें वह कितनी ज्यादा जीवित स्त्री नजर आती। इस तस्वीर में उसे देखकर उसका जीवित न होना अविश्वसनीय महसूस होता। ऑटो दीक्षा भूमि से होता हुआ नार्थ अम्बाझिरी रोड पर बढ़ने लगा। सड़क के किनारे पेड़-पौधों, घड़ों-सुराहियों और नारियल की दुकानें थीं। एक-दो जगह गन्ने के रस के ठेले थे। यहीं कभी लाइब्रेरी के सामने रीवाँ का एक आदमी गन्ने का रस निकालकर बेचा करता था और वह दुपहर के वक्त रीडिंग रूम से निकलकर रस पीने के लिए आया करती थी। यह उसकी रिसर्च के दिनों की गर्मियाँ थीं और वह सारा दिन लाइब्रेरी में बिताया करती। दुपहर में महाराज बाग की किसी बेंच पर अपना खाना खाती और लौटते हुए रस के लिए खड़ी हो जाती। यह सब तीन बरस पहले की गर्मियों में घटा था लेकिन हंसा को लगता है कि इन सबको बीते हुए सदियाँ हो रही हैं। अच्छे दिन कितने जल्दी और कितने दूर चले जाते हैं और बुरे दिन कभी भी और कहीं भी नहीं जाते।

सदियाँ बीत जाती हैं। समय कितने निराले लापरवाह और चुपचाप ढंग से बढ़ता चला जाता है। जिस पर बीतती है, वही जानता है और दूसरे के लिए, कभी भी उसका कोई महत्त्व नहीं रहता। समय हर आदमी के जीवन में अपने ढंग से बनता, उतरता और गुजरता है। इसीलिए यह भी कहा जा सकता है कि हर आदमी का अपना समय होता है। केवल उसका अपना और अकेला समय।

चार बरस पहले के दिनों में हंसा के साथ ही क्या-क्या नहीं बीता था। उसका विवाह हुआ और टूट गया। उसकी दो बरस की बच्ची गुजर गयी। वह अपने पति और उसके शहर को छोड़कर अपने पिता के पास रहने लगी। उसके पति ने तलाक चाहा और पति के लिए नहीं अपने पर लगे झूठे कलंक के लिए उसने मुकदमा लड़ा। बच्ची के नाजायज होने का कलंक उस आदमी ने लगाया था जो कभी हंसा को बहुत ज्यादा प्यार करने का दावा और वादा किया करता था। जिससे तीन-चार बरसों की जान-पहचान के बाद हंसा ने शादी की थी।

ऑटो शुक्रवारी तालाब के किनारे आ गया था। उसे अयाचित मन्दिर के पड़ोस की गली में जाना था। गली के एक किनारे पर दर्जियों की दुकानें थीं और वहाँ से मशीनों के चलने की आवाजें आ रही थीं। यह शहर का सबसे पुराना इलाका है। यहीं पर गोंड राजा के किले के खँडहर हैं और रुक्मणि और महादेव के मन्दिर जिन्हें तीन

सौ बरस पहले यहाँ के राजा ने बनवाया था। इसी इलाके में, अपने पुरखों के बनाये हुए मकान में पाशा रहता है। वह उसी कॉलेज में इतिहास पढ़ाता है जहाँ हंसा अंग्रेजी पढ़ाती है। इस वक्त कॉलेज की छुट्टियाँ हैं और हंसा ने फ्रेंच सीखना शुरू किया है। फ्रेंच की क्लासेज इनके कॉलेज में ही लगती है और उसका वक्त कभी शाम का होता है, कभी सुबह का। इसी शहर में बस गयी एक फ्रेंच नन अपने खाली वक्त में बरसों से यहाँ के लोगों को यह भाषा पढ़ाती रही है।

हंसा ने स्कार्फ उतार लिया है। वह धीरे-धीरे पाशा के मकान की तरफ बढ़ रही है। पुराने मकानों की कतारें। पुराने किस्म की सीढ़ियाँ, बरामदे, चबूतरे, आँगन, दरवाजे, खिड़कियाँ और छतें हैं। किसी-किसी घर के आँगन में टँगा झूला, खड़ा हुआ तुलसी का चौरा, कबूतरों का दड़बा या तोते का पिंजरा। हंसा को पुराने इलाके का ऐसा पुरानापन अच्छा लगता है। उसके लिए जीने का एक अपरिचित पैटर्न, जिसके बीच पाशा रहता आया है। पीपल के पेड़ के नीचे चबूतरे पर गप्प लगाते हुए बूढ़े, गलियों में पुराने खेल खेलते बच्चे, मन्दिरों की आरती, आँगनों में सजी रंगोलियाँ, दाना चुगते हुए कबूतर, घर के सामने बँधी गायें, घूमती हुई मुर्गियाँ, मदरसे से लौटते टोपी पहने हुए मुस्लिम बच्चे और इसी तरह के जीने के दौरान आते दृश्य। जो हंसा के इलाके से आते लोगों के लिए अजनबी बने रहते हैं। इसलिए भी उन्हें आकर्षित करते हैं।

पाशा

दरवाजा पाशा ने नहीं उसकी छोटी बहन साशा ने खोला। वह अपनी बिटिया के साथ साँप-सीढ़ी खेल रही थी। मई की दुपहर के धूप के धब्बे उस कमरे की दीवारों पर थे और उस धूप में ही दीवारों पर टँगी पाशा के फोटोग्राफर पिता के हाथों खींची गयी तस्वीरें नजर आ जातीं। कभी इस घर का ऊपरी हिस्सा स्टूडियो हुआ करता था। अब भी बाहर खड़ी लोहे की सीढ़ियाँ हैं लेकिन उनका उपयोग बन्द हो चुका है। सीढ़ियों के पास बरसों पुरानी कार खड़ी रहती है। वह कार भी बरसों से बन्द पड़ी है। पाशा के चाचा ने फौज से रिटायर होने के बाद यह पुरानी कार खरीदी थी और वे ही इसे कभी-कभी चलाते थे।

"भैया कहाँ है?" हंसा ने पूछा।

"आज सुबह से ही ऊपर हैं...किताबों की अलमारी में दीमक लग रही है...मैं अभी बुलाती हूँ।"

"मैं वहीं चली जाती हूँ।"

"आप चाय पियेंगी या शरबत?"

"चाय ठीक रहेगी।"

पाशा चटाई पर बैठा था और उसके आसपास किताबें, पत्रिकाएँ, अखबार और

फाइल्स। उन पर ट्यूबलाइट का उजाला था। हंसा ने दरवाजे की साँकल खटखटायी और पाशा देहरी पर साशा की जगह हंसा को देखकर अकबका-सा गया।

"तुम कब आयीं?"

"अभी...।"

"क्या साशा नीचे नहीं है...मुझे बुलवा लेतीं...यहाँ सब बिखरा हुआ है।"

"आप अपना काम करते रहो...मैं यहीं बैठ जाती हूँ।"

"किताबों की धूल उड़ती है।"

"उससे कुछ नहीं होगा।"

वह पाशा के पास ही एक बेंत की कुर्सी पर बैठ गयी। पाशा ने पायजामा-कुर्ता पहन रखा था। वह एक-एक किताब को उठाता, उस पर जमी धूल को कपड़े से हटाता, उसे उलटने-पलटने के बाद उसको रखने या न रखने का फैसला करता। न रखी जाने वाली पुस्तकों का ढेर बड़ा था। पाशा के चाचा और पिता अंग्रेजी में लिखी गयी सब प्रकार की पुस्तकें पढ़ा करते थे और पाशा की माँ मराठी में लिखी किताबें। मराठी में ही एक पुस्तक हॉलीवुड की प्रसिद्ध एक्ट्रेस ग्रेता गार्बो पर थी। पुस्तक पर उस औरत की तस्वीर देखकर हंसा ने उसके असाधारण जीवन को याद किया।

साशा एक ट्रे में चाय और चिवड़े की प्लेट ले आयी। उसने पुरानी सूती साड़ी पहन रखी थी और उसके बाल अस्त-व्यस्त थे। उसका चेहरा कुम्हलाया-सा। हंसा को लगा कि अब यहाँ की भीषण गर्मियाँ साशा को भाती नहीं होंगी। साशा सात-आठ बरसों से मध्य प्रदेश के एक पहाड़ी शहर में रह रही थी। ट्रे के एक कोने में दुपहर की डाक से पाशा के लिए आयी चिट्ठियाँ भी थीं। साशा ट्रे रखकर लौट गयी। पाशा चिट्ठी पढ़ने लगा। हंसा चाय पीते हुए पाशा की तरफ देखने लगी। पाशा के बाल झर रहे थे और पक भी रहे थे। उसे चिट्ठी पढ़ने में भी मुश्किल हो रही थी। ट्यूबलाइट दूर था। हंसा ने सोचा कि वह इस आदमी को कितना कम जानती है लेकिन कितना ज्यादा से ज्यादा जानने की लालसा लिए हुए रहती है। हंसा के भीतर किसी को जानने की ऐसी गहरी लालसा पहली बार जन्मी थी। ऐसी गाढ़ी लालसा को उसने अपने पहले प्रेम के दिनों में भी नहीं जाना था। हंसा का पहला प्रेम। उन दिनों में उसका लौटना ही यातना थी। कभी उस प्रेम में होने का पछतावा। प्रेम को पहचान न पाने की पीड़ा। पीड़ा का एक पूरा पुराण। गरीबी, बीमारी, अपमान, मौतों और संघर्ष का सिलसिला। अपने पति के झूठे इल्जामों को गलत साबित किये जाने का इम्तहान। अपमान, अवसाद और अकेलेपन का पूरा बरस।

हंसा ने पाशा को सब कुछ बताया था। पाशा का अपनी तरफ से बराबर प्रयत्न बना रहा कि हंसा की अपनी विवेकशीलता का विकास होता रहे, हंसा की अपनी एक दुनिया बनती रहे। इस दुनिया को गढ़े जाने में वह उसकी मदद करता रहा, मदद करने की इच्छा रखता रहा। इस तरह हंसा की अपनी दुनिया बन रही थी, बढ़ भी रही थी।

"मुझे जून में साँची जाना है।" पाशा ने कहा।

"कितने दिनों के लिए?" हंसा ने पूछा।

"मैं तय नहीं कर पा रहा हूँ...साशा पचमढ़ी जाना नहीं चाहती...वहाँ शायद कुछ बुरा हुआ है... ।"

"आपको उससे पूरी बात सुननी चाहिए।"

"मैंने कोशिश की थी...लगातार रोती रही....वह शायद मुझे बताना नहीं चाहती। वह शुरू से ही इस विवाह से सहमत नहीं थी।"

"तो क्या उसकी मर्जी के बिना..."

"वह हमारी भूल थी...माँ ने नहीं सुना था...मैं भी कुछ नहीं कर सका था... ।"

"क्या कभी तुमने साशा से इस विषय में बात की है।"

"तुम उससे बात क्यों नहीं करतीं।" पाशा ने कहा।

"क्या मेरा बीच में पड़ना ठीक रहेगा?"

"साशा तुमको बहुत मानती है।"

"आपके कारण..."

"ऐसा नहीं है...उसने तुम्हारी कविताएँ पढ़ी हैं...अखबारों में छपे तुम्हारे लेख भी पढ़ती रही है।"

"वैसे आप ही मुझे कौन-सा जानते हैं...शायद जानना भी नहीं चाहते।"

हंसा की शिकायत सुनकर पाशा धीरे-धीरे मुस्कुराने लगा। हंसा की निगाहों में शरारत थी और शर्म भी। संशय भी था और सच भी। सुख भी था और संताप भी। पाशा को लगा कि उन निगाहों में प्रेम के दिनों की छायाएँ हैं। प्रेम के दिनों की छायाएँ, जो देह पर भटकती रहती हैं और इस तरह मन और देह दोनों ही एक तरह के सौन्दर्य की आकांक्षा लिए हुए विकसित होते रहते हैं।

इन दोनों की पहचान की शुरुआत के दिनों में भी पाशा बहुत कम और धीरे-धीरे बोलता था। हंसा को तब भी हैरानी होती थी कि वह कॉलेज के छात्रों को कैसे पढ़ाता होगा और वह भी प्राचीन इतिहास, जिसमें बिरले ही छात्रों की दिलचस्पी रहती है। वह एक दिन उसकी क्लास में गयी थी। उसने महसूस किया था कि पूरी क्लास उसे गम्भीरता और चाव के साथ सुन रही है और उसके पढ़ाने में गहरा आत्मविश्वास भी है और अपने विषय के लिए गहरी आत्मीयता और आकुलता भी। उस दिन के ख्याल से हंसा ने पूछा, "क्या आप पहले से ही इतना कम बोलते हैं?"

"नहीं...पहले बहुत बोलता था इसीलिए अब कम बोलना चाहता हूँ।"

वह धीरे-धीरे मुस्कुरा रहा था। अपने स्वभाव संकोच और संशयों के साथ। वह सोचता है कि जब रिश्ते गहरे होते हैं उनके बीच समझ, संवेदना और सहजता होती है तब बहुत कम वाक्यों से भी बहुत ज्यादा कहा जा सकता है। यहाँ संवेदनाएँ नये और गहरे स्तरों पर काम कर रही होती हैं। प्रेम के दिनों की परिपक्व भाषाएँ, जिन्हें

प्रेम के दिनों में ही सीखा जा सकता है। हंसा इस सच को अभी-अभी पहचान रही है। उसने अपने पहले प्रेम के दिनों में अपने प्रेम से क्या-क्या नहीं सुना था? उसने हंसा से कितना कुछ कहा था और वह सब कितना बड़ा झूठ था। वह उसके कहे गये पर इतना ज्यादा विश्वास नहीं करती तो शायद उसका अपने छले जाने का अहसास इतना असहनीय नहीं होता।

पाशा ने पता नहीं कब और कहाँ पढ़ा था कि हम मनुष्य सबसे ज्यादा अपनी जिस इन्द्रिय का दुरुपयोग करते हैं वह मुँह है और इसने उसे प्रभावित किया था। वह बहुत पहले से कम ही बोला करता था और अपनी उम्र के तीसवें बरस में, उसकी पत्नी की प्रसव के दौरान मौत हो गयी और उस भीषण त्रासदी ने उसके मौन को और मुखर कर दिया। अपनी युवा पत्नी का गुजर जाना, उसके गर्भ में ही बच्चे का मर जाना, पाशा के लिए अप्रत्याशित और असहनीय अनुभव रहा।

उन दिनों अपने अकेलेपन, उन बरसों के अपने अवसाद से बाहर निकलने की खातिर भी पाशा ने बौद्धकालीन भारत पर अपनी रिसर्च का काम शुरू किया था। ऐसा करना, एक दूसरे समय, एक अलग दुनिया में जाना भी था। पर उस दूसरी दुनिया में हंसा भी आ गयी। वह भी उस वक्त एंग्लो-इंडियन कवियों पर अपनी शोध के काम से रोज ही लाइब्रेरी आया करती थी और लाइब्रेरी के काउण्टर पर ही एक शाम दोनों की पहचान हुई थी।

"आपने यह पुस्तक माँगी थी" हंसा ने कहा। पाशा ने पुस्तक हाथ में ली ही थी कि उसे इस पुस्तक पर बनी फिल्म को देखने जाने के लिए अपने पिता के साथ प्लाजा थियेटर की याद आ गयी। बरसों बाद उसे उस फिल्म का कुछ याद था तो उसमें किसी को दफनाये जाने का दृश्य और फिल्म के पर्दे पर गिरती हुई बर्फ। पाशा ने हाल ही में पास्तरनाक के बारे में कुछ पढ़ा था और वह उनका यह उपन्यास पढ़ना चाहता था।

"मैंने इस पर बनी फिल्म देखी थी...मैं अपने पिता और चाचा के साथ गया था।"

"तुम्हारे चाचा कहाँ रहते हैं?"

"पता नहीं वे कहाँ होंगे...होंगे भी या नहीं...मैं जब मैट्रिक में था तब उन्होंने यह घर छोड़ा था...हमने बहुत ढूँढ़ा था।"

"और उनका परिवार?"

"उन्होंने विवाह नहीं किया था...तब पैंतीस के रहे होंगे।"

"क्या उनका मन संन्यास की तरफ था?"

"मुझे नहीं मालूम...माँ बताती थी कि उन्हें किसी ने प्रेम में धोखा दिया था।"

"कभी-कभी आदमी अपने प्रेम की कितनी बड़ी कीमत चुकाता है।"

हंसा की आवाज में व्यथा थी और थकान थी। उसके चेहरे पर उसके अपने

अतीत का अवसाद उतर आया। पाशा ने उस पीड़ा को पहचान लिया। पाशा को लगा कि उसने ही चाचा के प्रेम के जिक्र से, उसकी पीड़ा के प्राण को फूँका है।

"नीचे चलते हैं...साशा को मन्दिर जाना है।"

"क्या वह रोज जाती है?"

"कुछ दिनों से रोज ही जा रही है...बच्ची को मैं सँभालता हूँ।"

"कभी-कभी तुम्हें भी उसके साथ जाना चाहिए।"

"मेरा भगवान से वैसा रिश्ता नहीं बन पाया।"

"मैं भगवान के लिए नहीं, साशा के लिए कह रही हूँ।"

"आज तुम उसके साथ जा सकती हो...पड़ोस में ही मन्दिर है...वहीं बरगद का बहुत पुराना पेड़ है...मैं बचपन में माँ के साथ बहुत जाता था...उस पेड़ पर रंग-बिरंगे धागे लिपटे रहते थे।"

माँ और मन्दिर की याद से पाशा को उस वीरान जगह का भी ख्याल आया जहाँ पर नागपंचमी के दिन वह माँ के साथ जाया करता था। बबूल और बेर के पेड़ों और तरह-तरह की झाड़ियों के बीच खड़ा हुआ पत्थर का शिवलिंग, जहाँ उस रोज साँप आया करता था, दूध पिया करता था।

साशा

साशा निकलने के लिए तैयार थी। अब वह दुपहर की नहीं, शाम की साशा थी। तीस बरस की साँवली और स्वस्थ लड़की। साधारण-सा, सरल चेहरा। कभी यह लड़की इस शहर के रंगमंच की जानी-पहचानी एक्ट्रेस हुआ करती थी। विजय तेण्डुलकर के नाटक 'सखाराम बाइण्डर' के लिए इसने राज्य स्तर का कोई अवार्ड जीता था। फिर बाईस साल की उम्र में इसका विवाह कर दिया गया और अब वह विवाह अपनी व्यथाओं और विडम्बनाओं के बीच से गुजर रहा है। पिछले तीन महीनों से साशा अपने भाई के साथ रह रही है और पचमढ़ी से उसके पति की चिट्ठियों पर चिट्ठियाँ आ रही हैं। अब वह वहाँ लौटना नहीं चाहती। अपनी पाँच बरस की बिटिया के साथ इसी घर में रहना चाह रही है और यहाँ-वहाँ नौकरी के लिए कोशिशें कर रही है।

"क्या मैं तुम्हारे साथ आ सकती हूँ?" हंसा ने पूछा।

"कैसी बात कर रही हो दीदी।" साशा ने कहा।

"मैंने इस इलाके का एक भी मन्दिर नहीं देखा है।"

"मैं बिटिया से कहकर आती हूँ...मुझे एक फोन भी करना है।"

साशा भीतर चली गयी और न जाने किस याद से, क्या सोचकर पाशा ने साशा के बचपन, उसको मिले लाड़-प्यार के बारे में बोलना शुरू कर दिया। पाशा के पिता इतनी कम उम्र में अपनी लाड़ली लड़की की शादी नहीं चाहते थे लेकिन पाशा की माँ ने कुछ भी नहीं सुना। बिरादरी के लोग साशा के बारे में अनाप-शनाप बकने लगे थे।

वह अपने थियेटर के ग्रुप के साथ कभी-कभार दूसरे शहरों में जाने लगी थी। उसने दिल्ली जाकर थियेटर को गम्भीरता से सीखने का मन बनाना भी शुरू कर दिया था और माँ सबसे डरने लगी थी। पाशा सोचता था कि उस वक्त वह कुछ कर पाता, कुछ कह पाता तो शायद साशा के जीवन में ऐसे कठिन और करुणाजनक दिन नहीं आने थे।

हंसा और साशा मन्दिर की तरफ बढ़ रहे थे। मन्दिर तालाब के पार था और वहाँ जाने के लिए तालाब पर खड़ा लकड़ी का पुल पार करना पड़ता। पुल की शुरुआत के इलाके में पत्थर की एक बेंच थी। मन्दिर की आरती की आवाज उस बेंच तक आ रही थी। बेंच पर गर्मियों की शाम का आलोक था और दिन भर की धूप में तपी वह बेंच थोड़ी-सी गरम थी।

"दीदी कुछ देर यहाँ बैठते हैं।" साशा ने कहा।

"लेकिन आरती शुरू हो चुकी है।" हंसा ने हैरानी जतायी।

"बहुत दिनों से आपसे मिलना चाह रही थी...कुछ देर यहीं बैठते हैं।"

"फिर मन्दिर कब जाओगी?"

"दीदी...मैं रोज मन्दिर जाने के लिए निकलती जरूर हूँ लेकिन मैं मन्दिर नहीं जाती हूँ।"

"पर पाशा समझते हैं...." हंसा ने घबराकर कहा।

"मैं भैया को बता नहीं सकती...उनसे अब भी डर लगता है...पर यह मेरा दोष है...वे मुझे समझते होंगे।"

"अभी-अभी तुम्हारे बारे में ही बता रहे थे।"

"दीदी...मैं रोज शाम को उस आदमी से मिलने जाती हूँ जिसे मैं शादी के पहले से चाहती थी। मेरा बस चलता तो मैं उससे ही शादी करती।"

साशा रो रही थी। शाम पूरी तरह झुक आयी थी। मई की रात धरती की दहलीज पर खड़ी थी और उसे कुछ क्षणों में ही उतरना था। मन्दिर के शंखों की आवाजें आयीं। साशा का सिर हंसा के कन्धे पर था और हंसा उसके बालों को सहला रही थी।

"तुम्हें भैया से बात करनी चाहिए...वे जरूर तुम्हारे लिए कुछ करेंगे।" हंसा ने कहा।

"वे उस वक्त थोड़ी-सी भी हिम्मत जुटा पाते तो मेरी इतनी गलत जगह शादी नहीं होती...भाभी ने भी उन्हें बहुत समझाया था।"

"उनकी कोई विवशता रही होगी।"

"आई को मेरी बदनामी का डर था...पर भैया समझ सकते थे...मेरी और कहीं शादी कर देना तो कोई अच्छा रास्ता नहीं था।"

"अब तुम क्या करना चाह रही हो।"

"मेरी समझ में कुछ नहीं आता। इस आदमी से मिलती हूँ तो इसकी पत्नी और बच्चे का ख्याल नहीं छूटता....मैं अपने पति को नहीं चाहती लेकिन वे अच्छे आदमी हैं...उन्होंने मुझे कभी भी दुख नहीं दिया... ।"

"क्या वे जानते हैं?"

"मैंने कभी नहीं बताया...पर उन्हें अन्दाजा तो होगा...चिट्ठियों में मुझे आने के लिए उतना नहीं कहते जितना अपना ख्याल रखने के लिए बताते हैं...पता नहीं बिटिया के बिना वे वहाँ कैसे रह रहे होंगे।"

"साशा...अब मुझे निकलना चाहिए....हम कल मिलेंगे...तुम मेरे यहाँ आ सकती हो...मुझे भी कुछ सोचना होगा।"

"दीदी...मैं आप पर बहुत विश्वास रखती हूँ...। मुझे उम्मीद है कि आप मुझे समझेंगी।"

"अच्छा...अपना ख्यालं रखना...कल मैं तुम्हारा या तुम्हारे फोन का इन्तजार करूँगी।"

अब पुल पर रात थी और रात की रोशनियाँ। हंसा ऑटो स्टैण्ड की तरफ बढ़ रही थी और साशा अपने घर की तरफ। साशा का मन हो रहा था कि वह उसी बेंच पर कुछ देर अकेली बैठी रहे। वह कुछ देर अकेले रोना चाहती थी। पर रात कुछ ज्यादा ही हो गयी थी। उसे रात का खाना भी बनाना था। उसे लगा कि इतनी देर हो जाने से पाशा भी परेशान हो रहे होंगे। वह एक दूसरे रास्ते से घर लौटने लगी। वह जहाँ बढ़ रही थी वहाँ मीठा नमी का दरगाह था और उसके सामने उर्स के दिनों की जगमगाहट। वह रोशनियों के बीच से गुजर रही थी। दरगाह के चले जाने के बाद, उसे कुछ देर तक एक अँधेरी गली से गुजरना था। गली की शुरुआत होते ही साशा को बहुत पहले खेले गये नाटक 'स्कन्दगुप्त' की देवसेना का एक गाना याद आने लगा। वह देवसेना के बारे में सोच रही थी। वह वेदना, विवशता और विडम्बना के बारे में सोच रही थी। देवसेना जिस गाने को नाटक में गाती है वह साशा की अपनी याद में कुछ इस तरह आ रहा था, 'मैंने निज दुर्बल पदबल पर उससे हारी होड़ लगाई। आह! वेदना मिली विदाई।'

एक नीरस कविता

वे टॉयलेट से लौट रहे थे। वहाँ से उनके कमरे तक के बीच छोटा-सा गलियारा था। उन्होंने खिड़की से अपनी पत्नी के कमरे में झाँका। वह जागी नहीं थी। फ्रीज के पास आकर उनकी निगाहें रसोई पर ठहर गयीं। उन्हें लगा कि वे गैस के सामने खड़े हुए दूध गरम कर रहे हैं। वे सुबह की सैर से लौटते वक्त मदर डेयरी से दूध का पैकेट लेते और घर आते ही उसे गरम करने के लिए किचन में जाते। उनके बीमार पड़ जाने के दिन तक यही होता रहा था। वहीं खड़े हुए उन्हें मदर डेयरी की याद आई, उसके करीब के ओल्ड पार्क की और उन लोगों की भी जिनको कभी-कभार वे पार्क की घास पर बैठकर सुना करते थे।

एक लम्बा अरसा बीत गया और वे अपने घर से कहीं भी अकेले नहीं गये हैं। वे अपने बिस्तर पर लौट आए। उनके बायें तरफ के कमरे में उनका बेटा और बहू सोये हुए थे और सामने के कमरे में उनकी नातिन और नाती। इसी कमरे में कभी वे अपने छात्रों को पढ़ाया करते थे। वहीं कभी स्कूली डेस्क रखे हुए होते थे और उनकी पढ़ने-लिखने की मेज के किनारे उनका अपना छोटा-सा और पुराना दीवान। वे अपने दीवान पर लेटे रहते और खिड़की से उन्हें नागचम्पा का पेड़ नजर आता रहता। वह नागचम्पा का ही पेड़ था, जिसके नीचे खड़े हुए अलीबाग में उन्होंने पुराने जजीरे को देखा था। अलीबाग के उन दिनों को बीते हुए सैंतीस साल से भी ज्यादा वक्त हो गया। उन्हें लगा कि उनके देखते-देखते उनके अपने घर में, उनके अपने जीवन में कितना कुछ बदल गया है। धीरे-धीरे वे कितने ज्यादा निकम्मे, फालतू, अकेले और बूढ़े होते चले गये हैं।

यह और यही तो सबके साथ होता है। एक वक्त आता है जब अचानक एक दिन आप पाते हैं कि आपका जमाना बीत गया है। आप एक कोने में पड़े हुए अपने आसपास को देखते रहते हैं और आपका आसपास बिना आपकी भागीदारी के चलता रहता है, बढ़ता रहता है। घर में दूध आता रहता है। वहीं से आता रहता है। उसे गरम किया जाता है लेकिन इन सबमें आप कहीं नहीं होते। सब कुछ आपके बिना भी पहले की तरह ही चलता रहता है।

घर के किसी भी काम के बारे में आपसे कुछ भी पूछा नहीं जाता है। आप खुद

भी किसी से कुछ भी पूछने का साहस नहीं बटोर पाते। घर के लोग आपकी सुनना नहीं चाहते और बाहर के लोगों की आप में दिलचस्पी खत्म हो जाती है। फिर आपकी देखभाल के लिए किसी को रख दिया जाता है लेकिन वह भी आपकी उतनी नहीं उस व्यक्ति की बात सुनता है जिससे उसे अपनी तनख्वाह मिलती है। यह सब और ऐसा ही सब कुछ वे ओल्ड पार्क में सैर के लिए आते बूढ़ों से सुना करते थे। उस वक्त उन्हें उन बूढ़ों की शिकायतें बेमानी महसूस होती थीं। अब वे अपने बुढ़ापे को जी रहे हैं।

ओल्ड पार्क के उन बूढ़ों को सुनते वक्त वे सोचा करते थे कि उन पर ऐसा कोई वक्त नहीं आना चाहिए जब दूसरे उनके साथ किसी लाचार, दयनीय और कमजोर आदमी की तरह व्यवहार करने लगे। वे अपनी आखिरी साँस तक अपने स्वाभिमान के साथ जीना चाहते थे। पर यह न हो सका। रिटायर होने के दूसरे साल में ही उनको दिल का जबरदस्त दौरा पड़ा। यही कम नहीं था और आँखों में मोतियाबिन्द उतर आया। दोनों आँखों का आपरेशन करवाया गया लेकिन आँखों में पुराने दिनों की रोशनी नहीं लौट पायी। अब एक कमरा है, या सिर्फ एक दीवान जिस पर उनका ज्यादातर वक्त बीतता है। वक्त क्या बीतता है, वे बीतते जा रहे हैं।

कभी-कभार अपने मकान के पड़ोस के पुल से गुजरती ट्रेन की आवाजों से उनके भीतर यह सवाल उतर आता है कि उन्हें भी ट्रेन में बैठकर कहीं के लिए निकल जाना चाहिए। कभी उनके साथ यह भी हुआ करता था। वे चौबीस पच्चीस के रहे होंगे। पोस्टग्रेजुएट किये जाने के बाद वे बेरोजगार थे। उनका जीवन कहीं से और किसी से भी बँधा नहीं था। ऐसे दिनों में वे कभी-कभी ट्रेन की आवाजें सुनते, नानी से कुछ रुपए माँगते और पूना के आसपास के किसी इलाके में कुछ दिनों के लिए चले जाते। उनके पास पैसे थोड़े होते थे और वक्त ज्यादा। इसीलिए वे पैसेंजर ट्रेन में यात्राएँ किया करते थे। नानी को उनकी कुछ दिनों की सनक, ऊब और उत्सुकता का हल्का-सा अनुमान रहने लगा था और वे उनके घर से निकलते वक्त पैसों के साथ-साथ उन्हें वह डिब्बा भी पकड़ा देतीं जिसमें चिवड़ा होता या शकरपारे, जो यात्रा के वक्त बहुत काम आया करते थे। इसी तरह की सनक उन्हें उन दिनों में अलीबाग तक ले गयी थी। वे सर्दियों की शुरुआत के दिन थे और वे बम्बई से अलीबाग तक स्टीमर से गये थे।

बम्बई के समुद्र से स्टीमर छूट रहा था और वे छूटते हुए शहर को स्टीमर में रखी ताजी मछलियों की टोकरियों पर झपटते हुए पक्षियों को, उनको हाथों और आवाजों से भगाती कोंकणी औरतों को, अखबार पढ़ती हुई एक युवा लड़की को देखते रहे थे। तब कितनी छोटी-छोटी चीजें कितना ज्यादा प्रभावित किया करती थीं। तब जीने की निष्ठा अपनी ऊँचाइयों पर होती थी और मन बहुत कम समय तक और कभी-कभार ही मनहूस बना रहता था और अब उनका मन हमेशा ही मृत-सा पड़ा

रहता है। मनहूस-सा बना रहता है। मरने की तरफ देखता हुआ मन। जीने को जंजाल समझता और उससे जी चुराता हुआ मन। इस कमरे की खिड़की सड़क पर नहीं सँकरी, पुरानी और अँधेरी गली में खुलती है। गली अक्सर सूनी पड़ी रहती है। उन्हें रसोई से जुड़े हुए कमरे में रखा गया है ताकि रसोई में काम करते-करते भी उनकी जरूरतों को देखा जा सके। सुना जा सके। इस तरह उनकी तकलीफों को बराबर और ठीक तरह से जाना जा सकता है। पर जानना दूसरी बात है और समझना एकदम दूसरी बात। कुछ लोग जानते ही नहीं। कुछ लोग जानते हैं लेकिन समझते नहीं हैं और ऐसे लोगों में उनका बेटा आता है, उनकी पत्नी और बहू भी।

अब उनकी जरूरतों को ही उनका ही परिवार कितना कम समझ पाता है। उनके लिए ताजे और तरह-तरह के फल आते हैं, एक डॉक्टर बराबर उन्हें देखता रहता है, अब भी उनके कपड़े लांड्री में धुलकर आते हैं, उनके सामने रंगीन टेलीविजन रखा गया है। एक नर्स उनकी ही देखभाल के लिए कुछ घण्टों के लिए रोज आती है, उनकी पत्नी पूजा करने के बाद सबसे पहले उन्हें ही प्रसाद देती है। उनके लिए इतना कुछ और इतनी अच्छी तरह किया जाना उन्हें अच्छा भी लगता है लेकिन इन सबके बावजूद यह चीज उन्हें अखरती है कि घर का एक भी आदमी उनके पास जरा-सी देर के लिए भी नहीं बैठता है। सब अपने कामों में व्यस्त रहते हैं और सिर्फ वे ही निकम्मे बने रहते हैं। अपना इस तरह से निष्क्रिय, फालतू और अकेले बेबस और बूढ़े होना, उन्हें दुख देता है, आत्मदया में डुबाता है।

एक बरस भी नहीं हुआ जब रिटायर्ड होने के बाद भी वे छात्रों को पढ़ाते थे। अब न पढ़ना होता और न पढ़ाना। बीच-बीच में उनकी बिटिया आती है और वही उन्हें थोड़ा-बहुत पढ़कर सुनाती है। यही लड़की अब भी इस बात का जिक्र करती है कि कभी वे शेक्सपियर को कितना ज्यादा पढ़ा करते थे और कितना अधिक पसन्द किया करते थे। वह आती है तब उनकी किताबों की अलमारी खुलती है। अलमारी की ज्यादातर किताबों को उन्होंने अपने मुश्किल दिनों में खरीदा था और अपने बेहतर दिनों में पढ़ा था। इनमें ज्यादातर किताबें पूना के सेकण्ड हैण्ड किताबों की दुकानों में देर-देर तक भटकते हुए, बरसों पहले खरीदी गयी थीं।

जब वे पन्द्रह के रहे होंगे तब उनकी माँ भी नहीं रही। पिता उनके बचपन में ही नहीं रहे थे। पन्द्रह की उम्र के बाद उनका जीवन अपने नाना-नानी के यहाँ एक दूसरे शहर में शुरू हुआ। नाना-नानी के रहते उनकी पच्चीस बरस तक की जिन्दगी ठीकठाक रही, वे लगातार पढ़ते रहे। यात्राएँ करते रहे, नाना-नानी की देखभाल करते रहे, लेकिन उन लोगों की मौत के बाद बहुत कुछ बदलने लगा। अपनी जीविका चलाने के लिए वे अंग्रेजी के एक दैनिक अखबार में पार्ट-टाइम रिपोर्टर हो गये। उन्हें शहर में हो रहे खेलों की रिपोर्टिंग का काम सौंपा गया। उन्हीं दिनों में फुटबाल के विश्वस्तर के मैचों की रिपोर्टिंग करने के लिए उन्हें कलकत्ता जाना पड़ा था और वहीं की खाली

दुकानों में, किसी पब्लिक लाइब्रेरी के भीतर अपना समय गुजारते हुए उन्होंने अध्यापक बनने का फैसला किया था।

अन्ततः वे अध्यापक बने और बेहतर अध्यापक साबित हुए। गणित के बहुत बढ़िया टीचर की हैसियत से उनकी ख्याति फैलती ही गयी। वे इलाके की शारदा लाइब्रेरी को बनाने और बढ़ाते चले जाने के लिए निरन्तर प्रयत्न करते रहे थे। वे जब तक सक्रिय रहे, लाइब्रेरी में अलग-अलग विषयों के विद्वानों के व्याख्यान होते रहे, लाइब्रेरी की छत पर संगीत-सभाएँ और नाटक होते रहे और गर्मियों में बच्चों के लिए उनकी ही कोशिशों से तरह-तरह के वर्कशॉपों का आयोजन होता रहा था।

कभी लाइब्रेरी के लिए ही धन इकट्ठा करने के लिए वे शेक्सपियर के नाटक 'मैकबेथ' को तैयार कर रहे थे। उसी नाटक में लेडी मैकबेथ की भूमिका निभाने के लिए उन्होंने अपनी एक पुरानी छात्रा को चुना था। नाटक की रिहर्सल के दिनों में ही उस लड़की की एक दुर्घटना में मौत हो गयी। उस लड़की की मार्मिक मृत्यु ने उन्हें कुछ महीनों तक मर्मांतक पीड़ा में डुबाए रखा था। वे उसे अपनी लड़की की तरह चाहने लगे थे और कभी उसे शेक्सपियर की 'ओफेलिया' के रोल में देखने की उनकी तमन्ना रिहर्सल के दिनों में बनती गयी थी।

'मैकबेथ' की रिहर्सल के दिनों में मरी उस लड़की के लिए उनके इतने ज्यादा और इस तरह के अनुराग के पीछे एक और कहानी भी थी। अपने युवा दिनों में वे एक बार स्टीमर से अलीबाग गये थे। उसी स्टीमर में उनकी मुलाकात एक लड़की से हुई थी और तीन-चार दिनों के अपने प्रवास में वे उस लड़की को चाहने लगे थे। बाद में वे दोनों एक-दूसरे को चिट्ठियाँ लिखते रहे। फिर उस लड़की की कहीं और शादी हो गयी और इन्होंने भी किसी और लड़की से विवाह कर लिया। पर स्टीमर में मिली उस गुजराती लड़की के साथ अलीबाग में बीती शामें, उनके जीवन की असाधारण और अविस्मरणीय शामें बनी रहीं और उस लड़की के पत्रों को वे अपनी शादी के कुछ बरसों के बाद तक सँभाले रहे, बीच-बीच में पढ़ते भी रहे। फिर किसी दिन उनमें से कुछ चिट्ठियों को उनकी पत्नी ने पढ़ लिया और सर्दियों की एक सुबह में उन्होंने तेलखेड़ी गार्डन के सामने की झाड़ियों के पास उन सब चिट्ठियों को पत्तियों और टहनियों से बनी आग में झोंक दिया था।

एक-एक चिट्ठी जलती रही थी जलाने के पहले वे चिट्ठी को आखिरी बार पढ़ते रहे थे और उस लड़की के बारे में सोचते रहे थे। इस बात को बीते हुए भी न जाने कितने बरस हो गये। एक आदमी की जिन्दगी में कितना कुछ आता है और कितना कुछ चला भी जाता है। इतना कुछ कहाँ-कहाँ से आता है और न जाने कहाँ-कहाँ चला जाता है। कहीं कोई आदमी किसी लड़की की लिखी गयी चिट्ठियों को जलाता है और कहीं कोई औरत अपने घर की छत पर खड़े होकर जलती चिट्ठियों से उठती आग और धुएँ को देखती रहती है। इस तरह पुराने प्रेम की पीड़ा, परछाइयाँ और पछतावे

बीच-बीच में लोगों को छेड़ते रहते हैं, घेरते रहते हैं।

अब भी कभी-कभी वे अलीबाग के समुद्र को याद करते हैं उस पर खड़े जहाजों को और उन सबके बीच उनके साथ समुद्र के किनारे टहलती हुई या बैठी हुई उस लड़की को जो साँवली थी, दो चोटियाँ डाला करती थी, गाल पर तिल थमा रहता था। और माथे पर छोटी-सी काली बिन्दी चढ़ी रहती थी।

कभी-कभार उनके मन में आया भी है कि अलीबाग के अपने प्रेम के छोटे से इतिहास के बारे में अपनी लड़की को बताएँ लेकिन एक तरह का संकोच उन्हें रोके रहा। अलीबाग की शामों का वह प्रेम, उनकी बासठ बरस की जिन्दगी का पहला और आखिरी प्रेम था और उसके साथ भी यह विडम्बना जुड़ी रही कि सिवाय उनके उस प्रेम की गहराई और सच्चाई के बारे में कोई भी नहीं जानता था। फिर एक दिन उन्हें पता चला कि उनकी लड़की ने कालेज के किसी ऐसे लड़के की बहुत शिकायतें और बेइज्जती की जिसने उसे कालेज के रास्ते में गुलाब का फूल देना चाहा था, तो उनका मन यह सोचकर डूब गया कि उनकी लड़की शायद भावुकता को बेवकूफी समझती होगी।

अपने बारे में उन्हें लगता रहा है कि वे बहुत पहले से बेहद भावुक रहते आये हैं। बचपन में ही अनाथ हो जाना इसके पीछे रहा होगा। माँ और पिता के बिना पराये शहर में नाना-नानी के घर में बीते, जीवन के बरस। धीरे-धीरे ऐसी किताबें भी उनकी आत्मा का अंश बनती गयीं जिनमें गहरी भावनाएँ थीं। टामस मान की कुछ कहानियों में रची-बसी उदास और विराट भावनाओं को जब कभी वे छूते थे तो सोचा करते थे कि ऐसी कहानियों को लिखते हुए टामस मान ने खुद कितना सहा होगा, कितनी व्याकुलता और विषाद के बीच कहानियों को लिखने के क्षण में रहे होंगे। उन्हें यह भी लगता रहा कि उनकी भावनाएँ ही हैं, जो उन्हें अपने भरेपूरे परिवार के बीच भी अलग-थलग बनाए रहती हैं। आखिर उनके लड़के ने क्या नहीं किया है? कितना सारा रुपया उनके इलाज और उनकी देखभाल के लिए खर्च हो रहा है। कौन करता है आजकल इतना सब। उनके पास इतना रुपया भी नहीं है कि कोई उन रुपयों की लालच में इतना सब करे। उनके लिए इतना सब किये जाने को लेकर उनकी विधवा बहन ही उनसे ईर्ष्या करती है जो थोड़े-बहुत रुपयों के लिए तरसती रहती है। पर एक दिन नहीं जाता जब उन्हें यह ख्याल नहीं आता है कि घर का कोई भी आदमी पाँच मिनट के लिए भी उनके पास नहीं बैठता उनका लड़का भी यह जानना नहीं चाहता कि उनके साथ क्या हो रहा है?

उनकी लड़की आती है, उनसे बातें करती है, उन्हें कुछ-कुछ पढ़कर सुनाती है, उन्हें गली में आरामकुर्सी पर बिठाकर उनकी पसन्द का कोई कैसेट टेप पर लगाती है और ऐसे दिन उनके लिए थोड़े-बहुत सहनीय हो जाते हैं। तब उनके मन में आता है कि उन्हें अपने बाकी बचे बरसों के लिए अपनी लड़की के पास रहने के लिए चले

जाना चाहिए। लड़की चली जाती है और उसके साथ-साथ यह ख्याल भी। इस ख्याल की जगह यह सवाल ले लेता है कि अगर उन्होंने ऐसा किया तो उनके लड़के की कितनी बदनामी होगी। समाज के लोग क्या-क्या नहीं सोचेंगे। फिर से उन्हें इस बात पर गहरा सन्देह होता है कि इस घर के अलावा, किसी भी घर में वे एक दिन भी रह सकेंगे।

बीमारी और बोरियत के इन दिनों में उन्होंने जाना है कि अकेलापन क्या होता है। बुढ़ापे का बोझ किसे कहते हैं आदमी से बात करने का सुख क्या होता है और क्या होता है स्वस्थ होना। किसी की भी मदद के बिना जीवन बिताना। बिस्तर पर लेटे रहते हैं, सोचते रहते हैं चिन्ताओं से घिरते चले जाते हैं और उनकी पत्नी घर के काम करती रहती है। गमलों में पानी डालती है। तारों पर सूखने के लिए गीले कपड़े डालती है सामने आये लोगों से सब्जियाँ, मछलियाँ और मिर्च-मसाले खरीदती रहती है और तब उन्हें अपना बिस्तर पर होना अखरता है, अपनी पत्नी का बीमार न होना अखरता है। वह अब भी लाइब्रेरी जाती है। मन्दिर के लिए निकलती है, घर की हर बात का फैसला लेती है और वे घर के एक कोने में ऐसे पड़े रहते हैं जैसे वे जीवित नहीं हैं। जैसे उन्होंने इस घर के लिए कुछ किया ही नहीं है।

इस तरह वे बुढ़ापे और बीमारी और बोरियत की अपनी विराट विवशता के बीच होते हैं तब कभी-कभी उन्हें अपनी नानी की याद आती है। तब नाना भी नहीं रहे थे। वे बिस्तर पर चुपचाप लेटी रहती थीं और वे उनको अकेले छोड़कर बाहर घूमते रहते थे। उन दिनों क्षण भर के लिए भी उनके मन में यह नहीं आता था कि एक दिन ऐसा भी आएगा जब वे उन सब बातों को सहेंगे जिन्हें उस वक्त नानी सह रही थी और वे जरा-सा भी समझ नहीं रहे थे। बुढ़ापे की लाचारी का अहसास बूढ़े होने पर ही पता चलता है। अब उन्हें अपनी नानी की व्यथा समझ में आती है, समझ में आता है नानी की उन सूनी-सूनी आँखों का अर्थ जो छत पर टिकी रहती थीं। अब नानी के बारे में सोचते हुए उन्हें पीड़ा मिलती है और पछतावा भी।

कितना अजीब है कि जब जीवन का थोड़ा बहुत अर्थ खुलने लगता है, जब जीने की थोड़ी-सी तमीज और समझ आती है, तब तक अच्छी तरह से जीने के लिए अपनी भूलों को सुधारने के लिए जीवन ही नहीं रह जाता। आप अपने समझे हुए को जी नहीं पाते हैं और आप किसी को यह बताने के काबिल नहीं रह पाते कि आपने अपने जीवन को गलत ढंग से जिया है, आपने खुद अपने जीवन को नष्ट किया है, अपने जीने का नर्क खड़ा किया है। और अगर आप बताने के काबिल भी रहे तो किसी के पास आपको सुनने के लिए फुर्सत नहीं रहती, किसी की भी आपकी जिन्दगी में जरा-सी भी दिलचस्पी नहीं रहती।

इन सब अहसासों और अनुभवों के बीच वे ऐसा भी सोचते रहते हैं, कि बुढ़ापे में यह सिर्फ उनके साथ ही नहीं हो रहा है। पहली बार नहीं हो रहा है। सदियों से इस

संसार में बुढ़ापा विवश, विकराल और विषादमय ही रहता आया है। यह सब बड़ी हुई उमर का तकाजा है। थकी हुई देह की नैसर्गिक नियति। सब इन तकलीफों से गुजरते हैं, इन तनावों को सहते हैं, प्रकृति की इस लीला को समझते हैं। ईश्वर के इन इरादों को जीते हैं।

इस तरह का सोचना उन्हें तसल्ली देता है। कभी-कभी यह सब सोचते हुए बरबस ही वे बिस्तर से उठते हैं और अपनी पुस्तकों में से एक पुरानी-सी पुस्तक निकालते हैं। कविताओं की इस किताब को कभी उन्होंने पूना की किसी दुकान से खरीदा था। इस किताब में ही टेनिसन की एक कविता 'क्रॉसिंग द बार' शीर्षक से है, जिसे पढ़ना और पढ़ते रहना पिछले एक बरस में, उन्हें गहरी तसल्ली देता रहा है। गहरा सुख देता रहा है।

वे वहीं अलमारी के पास खड़े हुए, खिड़की से आती हुई रोशनी में अपनी कमजोर आँखों से उस कविता को पढ़ते रहते हैं और खिड़की के करीब खड़ा हुआ तुलसी का पुराना पौधा उन्हें देखता रहता है, उनके आनन्द से ईर्ष्या करता रहता है। अक्सर यह दुपहर का कोई क्षण रहता है। हमेशा यह तसल्ली का क्षण होता है।

यहाँ समुद्र कितना नीला है
अलीबाग की उस लड़की की आवाज आती है

ऐसा लगता है कि हम किसी इम्प्रेशनिस्ट
कलाकार का चित्र देख रहे हैं...मुझे
उन फ्रेंच कलाकारों का ख्याल
आता है...वे कहते हैं
और मेरा ख्याल वह मुस्कुराती है
वह जाता ही कहाँ है...

वे अलीबाग की शाम में होते हैं। उनके हाथों में कविता की पुरानी किताब होती है और आँखों में अपने जीवन की एक पुरानी आधी-अधूरी और नीरस कविता।

उत्खनन

बारिश थम गयी थी। बिजली लौट आयी। मैं एक अजनबी जगह की आधी अँधेरी पगडण्डी पर रुककर सोचने लगा कि क्या इस वक्त, ऐसे मौसम में किसी पराये परिवार में जाना ठीक रहेगा? मैं तो उस औरत को जानता ही नहीं था और जिस औरत की मैं इस औरत के लिए चिट्ठी ले आया था वह भी इनसे बीस बरस पहले मिला करती थी। उस घर की तरफ बढ़ते हुए मेरे कदम थम गये। मैं सहम-सा गया। मैं पीछे मुड़कर रेस्टहाउस की तरफ बढ़ने लगा। तभी अपनी पत्नी की इस औरत के बारे में कही गयी कुछ बातों का ध्यान आया। मैंने एक और बार उनके घर की दिशा में चलना शुरू किया।

लाल मकान फेंस से घिरा हुआ था। घर के बरामदे और स्ट्रीटलैम्प की रोशनियों में मकान के सामने के पेड़-पौधे चमक रहे थे। बाहर के गेट की साँकल खोलकर मैं जहाँ पहुँचा वहाँ दीवार से सटी हुई रेसिंग साइकिल खड़ी थी। उसके हैण्डल के पास की बाँस की टोकरी में कुम्हलाया-सा गुलदस्ता, अखबार और कपड़े का टुकड़ा नजर आया। बेल खराब रही होगी। मैंने साइकिल की घण्टी को बजाना शुरू किया।

दरवाजे को उन्नीस-बीस बरस की लड़की ने खोला। उसकी हल्की-सी घबराहट से मैंने महसूस किया कि मैं वह व्यक्ति नहीं था, जिसके बारे में सोचकर दरवाजा खोला गया था। कुछ क्षणों तक हम दोनों के बीच एक किस्म का असमंजस बना रहा। मैंने अपना नाम बताया और कमीज की जेब से वह लिफाफा निकाला जिसे मीरा ने लिखा था। लड़की ने मुझे भीतर आने के लिए कहा और तभी वह कीचड़ और पानी में सने हुए अपने हाथों को आगे बढ़ाकर मुस्कराने लगी।

"आप बैठिए...मैं अभी आती हूँ।"

बरामदे में ही बेंत की कुछ कुर्सियाँ थीं और लकड़ी की पुरानी मेज, दीवार पर छोटे से रैक में कुछ किताबें और मिट्टी की कलाकृतियाँ। वही लड़की तौलिये से हाथ पोंछते हुए लौटी और मुझे बैठक में ले गयी। बैठक भी छोटी थी। वहाँ पर भी एक कोने में मेज थी और रैक पर किताबें। किताबों के करीब की खिड़की पर गमला था और उसमें खड़ा पौधा। मीरा की चिट्ठी को भीतर पहुँचाकर वह लड़की लौट आयी

और मेरे सामने की कुर्सी पर बैठ गयी।

"माँ आ रही है...हम लोग पीछे काम कर रहे थे।"

"मुझे इस वक्त नहीं आना था।"

"बारिश का पानी जम गया था..."

"क्या यहाँ बहुत ज्यादा बारिश होती है?"

"इस साल हो रही है...बारिश तो आपके इलाके में भी होगी।"

"मैं दस बारह दिनों से बाहर घूम रहा हूँ...हमारे अखबार का एक एडीशन यहाँ से निकल रहा है...मैं इसी सिलसिले में इस इलाके में आया हूँ।"

"आप इस अखबार के लिए क्या करते हैं?"

"मैं उसका एसोसिएट एडीटर हूँ।"

"बाबा को आपसे मिलना अच्छा लगा होता।"

"क्या वे कहीं बाहर गये हैं?"

"आपको नहीं पता है...उनको गुजरे हुए पाँच साल हो गये हैं।"

"सॉरी...मुझे आप लोगों के बारे में कुछ भी नहीं पता है।"

इस तरह अपने संकोच से बाहर निकलने के लिए मैंने उस लड़की को बताना शुरू किया कि मेरी पत्नी और उसकी माँ स्कूल के दिनों में एक साथ पढ़ते थे और वे दोनों पक्की सखियाँ थीं। जब मेरे इस इलाके में दौरों का जिक्र आया, तब मेरी पत्नी ने आप लोगों से जरूर मिलने के लिए कहा और मैं यहाँ चला आया। मैं जब यह सब बता रहा था तब कहीं से ट्रेन के गुजरने की आवाज आ रही थी। पुल पर गुजरती ट्रेन और पुल की आवाजें।

तभी बैठक का परदा हटाते हुए वे आयीं। उस लड़की की माँ और मीरा के बचपन की सखी। उन्होंने मुझे नमस्कार किया और अपनी लड़की की बगल में बैठ गयीं। अपनी लड़की के करीब उन्हें बैठे हुए देखकर मुझे लगा कि वे दोनों बहनें हैं। कुछ क्षणों के बाद उन्होंने लड़की से बांग्ला में कुछ कहा और लड़की भीतर चली गयी।

"कैसी है मीरा?"

"अच्छी है...आपको बहुत याद कर रही थी।"

"उसे मेरा पता कहाँ से मिला?"

"बीच में इस इलाके में चल रहे उत्खनन पर आपका लेख छपा था...उसमें ही आपका पता था।"

"यह तो बहुत अच्छा हुआ।"

"मैंने भी वह लेख पढ़ा था...मेरे अखबार के दफ्तर में ही यहाँ का अखबार आता है...मैं एक दूसरी बात के लिए उस अखबार को घर ले गया था...मीरा ने आपकी तस्वीर देखी थी..."

"मैं अपनी बेटी के साथ गर्मियों में सैर के लिए जाती थी...जहाँ खुदाई चल रही

है वहाँ हमारी सैर खत्म होती थी...वहाँ कुछ लोगों से पहचान हो गयी...उन लोगों से हुई बातों के आधार पर ही मैंने वह लेख लिखा था।''

''क्या वह जगह बहुत नजदीक है?''

''कभी मीरा और बच्चों के साथ आइएगा...हम लोग वहाँ पूरा दिन बिताएँगे।''

''हमारे यहाँ बच्चा हुआ ही नहीं है।''

''माफ करिएगा।''

''इसकी जरूरत नहीं है...मुझे भी अभी-अभी पता चला कि आपके पति नहीं रहे हैं।''

''वक्त कितनी बेरहमी के साथ बीत जाता है।''

अपनी इस व्यथा को व्यक्त करते हुए वे कहीं खो गयीं। उस दिशा में जहाँ मैं नहीं था और जो था वह अब कहीं नहीं था। कुछ देर तक उनके अतीत और अवसाद से बाहर आती छायाएँ उनके चेहरे पर थम रहीं। मुझे उनका चेहरा तपा हुआ नजर आया। कुछ-कुछ थका हुआ भी। मीरा ने बताया था कि इनका परिवार इनके विवाह से सहमत नहीं हो पाया था। विवाह के कुछ बरसों के बाद ही इनके पति लगातार बीमार रहने लगे। फिर इन्होंने नौकरी करना शुरू किया। वे शायद अपने बीतने और थकने को देख रही थीं और मैं उनको देख रहा था। उनकी बिटिया चाय और बिस्कुट की ट्रे लिए हुए आई।

''अंकल...आप खाना यहीं खाएँगे?''

''मैंने बहुत लेट खाया था...जरा-सी भी भूख नहीं है।''

''खाना बनने तक आपको भूख लग जाएगी।'' माँ ने कहा।

''आप लोगों को तकलीफ होगी।''

''कौन हमारे यहाँ रोज-रोज आता है...वे थे तो उनके मित्र आते ही रहते थे।''

''आप लोगों के रिश्तेदार कहाँ रहते हैं?''

''हम दोनों ही कलकत्ता के हैं...वहीं हमारे रिश्तेदार भी हैं...अब इतनी दूर कहाँ आना-जाना हो पाता है।''

''आप लोग यहाँ कैसे आ गये?''

''वे जब रिपोर्टर थे तब उन्होंने अपने अखबार के लिए यहाँ के आदिवासियों पर कुछ किश्तें लिखी थीं...बाद में इस इलाके के आदिवासियों पर काम करने के लिए ही वे यहाँ आ गये...वे उसी स्कूल में पढ़ाते थे जहाँ अब मैं पढ़ा रही हूँ...उन्होंने अपने काम के सिलसिले में बहुत-सा मेटेरियल तैयार किया था...वे पूरी किताब ही लिखना चाहते थे।''

''उन्होंने बहुत मेहनत की होगी।''

''आखिर-आखिरी में अपने बिस्तर पर ही टाइपरायटर पर काम करने लगे थे ...वे डर गये थे कि अपनी पुस्तक पूरी नहीं कर सकेंगे...टुटुल कहती है कि बड़ी हो

जाने पर वह अपने बाबा के काम को पूरा करेगी... ।''

वे दुबारा कहीं खोने लगीं। शायद आदिवासियों के उन इलाकों में जहाँ कभी वे अपने पति के साथ गयी होंगी। अस्पताल के उन कमरों में जहाँ वह अपने नोट्स तैयार करते होंगे। तैयार नोट्स को पढ़ते रहे होंगे। वे बताने लगीं कि कैसे उनके अन्तिम दिनों में उन्हें घर पर ही ऑक्सीजन दिया जाता रहा था। अपनी बीमारी के इलाज के अपनी पत्नी पर बढ़ते बोझ का गहरा अहसास भी उनके साथ रहने लगा था। तभी उन्होंने कलकत्ता में अपने बड़े भाई को आर्थिक मदद देने के लिए पहली बार पत्र लिखा था और वहाँ से उन्हें निराशा मिली थी। वे अपने पति के आखिरी दिनों के बारे में, अपनी बिटिया के बचपन के बारे में, अपनी कम उम्र और अनुभव के विषय में, समाज और उसके संस्कारों के सन्दर्भ में अपने आपको व्यक्त कर रही थीं। उनकी बातों में विषाद था। जीने की विडम्बना, व्यथा और विवशता भी।

अपनी बिटिया के बुलाने पर वे कुछ देर के लिए भीतर गयीं। मैं मेज पर रखी किताबों के टाइटल्स देखने लगा। एक किताब का नाम 'माउण्टेन पीपल' था। उस लम्बी-चौड़ी किताब के ऊपर ही एक तस्वीर टँगी थी जिसमें रवीन्द्रनाथ ठाकुर अपनी मेज पर बैठे हुए कुछ लिख रहे थे। वे अपने साथ एक ट्रे ले आयी थीं जिसमें सूप से भरा हुआ चीनी मिट्टी का कटोरा था।

''टुटुल ने बनाया है...अभी-अभी सीखा है इसने।''

''मुझे खुशी है कि आप लोगों से मिलना हो गया।''

''हमें भी अच्छा लग रहा है...अब कभी मीरा के साथ आइएगा...मैं भी उसे पत्र लिखूँगी...अब तक तो मुझे उसका पता ही नहीं मालूम था।''

''आप उसे चिट्ठियाँ लिखा करिएगा...आजकल बहुत ज्यादा निराश रहती है।''

''क्या आप लोगों ने कभी किसी बच्चे को गोद लेने के बारे में सोचा है?''

''मीरा नहीं चाहती।''

''क्यों...इसमें हर्ज क्या है?''

''सोचती है कि पराया खून कैसे अपना खून हो जाएगा...पूजापाठ में लगी रहती है...उसे भगवान पर पूरा भरोसा है।''

''और क्या आप इन बातों पर विश्वास करते हैं?''

''अपने विश्वास की नहीं जानता...मीरा का मन लगा रहता है...यह सोचना अच्छा लगता है कि वह अब भी निराश नहीं हुई है।''

''वह बचपन से ही ऐसी ही है...हम दोनों इमलियों के लिए पेड़ पर पत्थर फेंका करते थे...मैं इमलियों की आशा छोड़ देती थी लेकिन वह इमलियाँ पाने तक पत्थर फेंकती रहती थी... ।''

''आपको वह सब याद है?''

''अपने ऐसे दिनों को कौन नहीं याद रखता...बाद में तो जीने की हड़बड़ी और

घबराहटों से ही फुरसत नहीं मिलती है।''

फिर वे बताने लगीं कि कैसे उनके पिता घर-घर जाकर गणित पढ़ाया करते थे और उनकी माँ पास-पड़ोस के लोगों के कपड़े सिया करती थी। वे कलकत्ता के बाहर एक पराए शहर में उनकी शुरुआत के कठिन दिन थे। उनके बचपन की गरीबी के दिनों के अनुभवों से उनका सम्बन्ध बाद में भी बना ही रहा। गरीबी, बीमारी, लाचारी और जिम्मेवारियों के बीच से गुजरते-गुजरते वे पचास की हो रही थीं। उनकी सुनते हुए, उनकी व्यथाओं और विपदाओं को पढ़ते हुए मुझे लग रहा था कि कोई-कोई लोग अपनी जिन्दगी में कितना कुछ देखते हैं, क्या-क्या नहीं सहते हैं?

''आपने अपनी जिन्दगी में बहुत कुछ देखा है।''

''ऐसा नहीं है...सभी पर अपनी-अपनी जिन्दगी का बोझ होता है...मैं अपनी परेशानियों को ज्यादा ही बढ़ा-चढ़ाकर बता रही हूँ...'' वे मुस्कराने लगीं।

''दूसरों की नहीं कह सकता...मैं खुद बहुत सुरक्षित रहता आया हूँ...मैंने जिन्दगी को देखा भी बहुत कम है।''

''टुटुल के पिता मुझे समझाते रहते थे...कहते थे कि जिन्दगी को सिर्फ देखना ही काफी नहीं होता है जिन्दगी को समझना भी चाहिए...जिन्दगी को सहना और सँवारना भी सीखना चाहिए... ।''

''क्या आप ऐसा कर पायी हैं?''

''नहीं...लेकिन मैं कभी-कभार कोशिश जरूर करती रही हूँ।''

वे सच कह रही थीं। वे कोशिशें नहीं कर रही होतीं तो उनका ऐसा जटिल और जोखिमों से भरा हुआ जीवन कहाँ बच पाता? वे कैसी-कैसी तकलीफों से, कैसे-कैसे तनावों से गुजरती रही थीं। उन्होंने कितने हादसों को झेला था और कितनी कम तसल्लियों, कितनी कम तकदीर के साथ अपना जीवन जिया था। तभी बिजली चली गयी। उन्होंने पड़ोस की मेज पर खड़ी बड़ी-सी लालटेन को जलाया और जलती मोमबत्ती को लेकर भीतर चली गयीं। उनकी खिड़की से अँधेरे में डूबा कस्बा नजर आ रहा था। इसी कस्बे में बरसों पहले की किसी सभ्यता के अवशेष मिल रहे थे। किसी सभ्यता के सौन्दर्य को पहचानने के प्रयत्न चल रहे थे। इसी कस्बे में, इसी मकान में मैंने पिछले कुछ घण्टों में, जीने के सौन्दर्य को, जीवन के कुछ सत्यों को अपने भीतर उतरते हुए महसूस किया है। यहाँ बैठे हुए उनको सुनते हुए बीच-बीच में मुझमें वैसा ही विस्मय जागा है जैसा खुदाई में निकल रही अज्ञात और अनोखी चीजों को पाकर खुदाई से जुड़े लोगों के मन में जागता होगा।

ऐसा होता होगा। ऐसा होता है। कभी-कभी जीने की अपनी मनहूस घड़ियों के बीच से ही कुछ ऐसी मार्मिक, मानवीय और महत्त्वपूर्ण घड़ियाँ बाहर आती हैं, जब हमारे सामने जीने का कोई सच, सच का कोई जीवन खड़ा हो जाता है। हम एक कस्बाती मकान की बैठक में किसी अधेड़ अध्यापिका के जीवन के बारे में सुनते हुए,

जीने का जैसे कोई मंत्र-सा पाने लगते हैं। मैं जीने के किसी मंत्र के बारे में, मीरा के बारे में और मीरा की इस मित्र के बारे में सोच रहा था और बाजू के कमरे में माँ और बेटी रात के खाने की तैयारियाँ कर रही थीं।

बैठक की लालटेन और मोमबत्ती से दूसरा कमरा चमकने लगा। मेरे सामने की दीवार पर टँगी तस्वीर के बारे में पूछने पर लड़की ने कहा—

"बाबा की इस तस्वीर को मैंने खींचा था।"

"तब तो आप बहुत छोटी रही होंगी?"

"मैं नौ साल की थी...हम पहली बार बम्बई गये थे...तस्वीर के पीछे की सीढ़ियाँ एशियाटिक लाइब्रेरी की हैं...जब हम बाजार में घूमते थे तब वे वहाँ बैठकर पढ़ते रहते थे।"

"आप लोगों के पास उनकी काफी किताबें होंगी?"

"वे लाइब्रेरियों से लेकर पढ़ा करते थे...उनकी किताबें महँगी हुआ करती थीं और मिलती भी नहीं थीं...मैं उन्हें उपहारों में किताबें ही दिया करती थी..." माँ ने कहा।

"मैं अक्सर बाबा को अपनी मेज के करीब पढ़ते हुए ही याद करती रहती हूँ ...उनकी मेज के पास रहने पर लगता है कि वे अब भी जीवित ही हैं..." लड़की कह रही थी।

खाने की मेज पर माँ और बेटी उस व्यक्ति को मेरे सामने जीवित कर रहे थे जो कभी इसी मेज पर बैठकर खाना खाता रहा होगा, जिसने कभी बारिश की ऐसी ही किसी शाम के एकान्त में एन्थ्रोपॉलोजी की किसी पुस्तक के पन्ने पलटाए होंगे, पुस्तक के किसी अंश पर पेन्सिल के निशान बनाए होंगे।

उन लोगों से विदा लेते हुए मैं एक तरह के अभाव को अपने भीतर जन्मते हुए महसूस कर रहा था। पहले सोचा था कि आज की शाम के अपने अनुभवों को, उन अनुभवों के आनन्द को जाते वक्त शब्दों में व्यक्त करूँगा लेकिन एक तरह के अभाव और अवसाद के अहसासों से ऐसा हो न सका। उन बातों को व्यक्त कर पाना मुश्किल भी लगा और निरर्थक भी।

कुछ अनुभव ऐसे होते हैं, बहुत कम अनुभव ऐसे होते हैं जिन्हें हम कभी भी पूरी तरह व्यक्त करने में समर्थ नहीं हो पाते हैं। ये अनुभव अपनी आधी-अधूरी जिन्दगी के साथ ही हमारे भीतर किसी मुकम्मिल अनुभव की तरह रहने लगते हैं। इस शाम का, इस शाम के जीने का अनुभव कुछ इसी तरह का अनुभव था। आधा-अधूरा। अविस्मरणीय। आनन्दमयी। अवसादपूर्ण। पर किसी भी नाम के बाहर। किसी भी पहचान से अलग-थलग। अनोखा और अकेला अनुभव। एक साथ दैवीय और मानवीय।

रेस्टहाउस में अपने पलंग पर लेटे हुए मुझे लगा कि कोई लड़की रसोई में खाना

बनाते-बनाते रवीन्द्रनाथ का कोई गाना गा रही है। उनका कोई ऐसा बांग्ला गीत, जिसमें गहरा दुख छिपा हुआ है या जो खुद किसी गहरे दुख में डूबा हुआ है। पर इस वक्त मैं दुख के बारे में नहीं, सुख के बारे में भी नहीं, उस चीज के बारे में सोचना चाहूँगा जो सुख और दुख से परे होती है और जिससे मेरी थोड़ी-सी पहचान उस कस्बाती मकान में आज शाम में ही हुई थी।

बारिश, ईश्वर और मृत्यु

यह बारिश है कि क्या है? थमने का नाम ही नहीं ले रही है। कस्बों में निरन्तर बारिश को सधना मुश्किल हो जाता है। बिजली जाती है। टेलीफोन काम नहीं करता। रास्तों पर पानी और कीचड़ जमा हो जाता है, दूध नहीं आता, अखबार नहीं मिलते और धूप के बिना हो चुके वातावरण में एक तरह की मायूसी छायी रहती है। और बारिश की रातें। मेरी नौ बरस की बिटिया बिजली की गड़गड़ाहट और चारों तरफ के अँधेरे से घबराकर रात के आठ बजे ही सो गयी। हमारी नौकरानी नहीं आयी और मैं रसोई में रात का खाना तैयार कर रहा था। बीच-बीच में लालटेन भी बुझती रही और मोमबत्तियाँ भी। तो मीरा बिना कुछ खाए सो गयी। पुरानी लालटेन की मद्धिम रोशनी में दीवान पर लेटे-लेटे मैं नौ बरस पहले की बारिश को जीना शुरू कर रहा हूँ। उस बारिश को जीने की शुरुआत में ही यह महसूस करना अच्छा लग रहा है कि मैं उन दिनों की वेदना और विडम्बना से बाहर निकल आया हूँ। अपने उन दिनों के विराट विषाद से मुक्त। अपनी पुरानी और पगली-सी पीड़ा के लिए पराया-सा। तब मैंने कहाँ जाना था कि एक रात आएगी जब मैं उन भयावह क्षणों को ऐसे देखूँगा जैसे वे मेरे साथ नहीं किसी दूसरे के साथ घटे हों। उपन्यास के किसी पात्र की पीड़ा। अपनी पीड़ा का अपने लिए पराया हो जाना एक तरह का वरदान ही है। ईश्वर का दिया हुआ वह इलाका जहाँ हम बदल जाते हैं, दूसरे हो जाते हैं, पुराने से अपना पीछा छुड़ा लेते हैं और नये जीवन की नयी हवाओं में सरलता से साँस लेते हुए, जीते रहते हैं।

उस रात की बारिश के रुकने का ठिकाना न था। मैं मीरा के वार्ड के सामने की बेंच पर बैठा हुआ यह महसूस करता रहा था कि ऐसी निरन्तर और निर्लज्ज बारिश में किसी के भी साथ, कुछ भी हो सकता है। उस अन्तहीन अराजक बरसात से भी मेरे भीतर उतरती आशंकाओं, अपशगुनों से भी, मैं बार-बार मीरा की पलंग तक चला जाता था। वह बुखार और नींद की गोलियों से बड़बड़ाती रहती। मैं लाल कम्बल से उसे ढंग से ढाँक देता। खिड़की की चिटकनी को देख लेता। मीरा नींद पीड़ा और नशे के बीच अपनी मरी हुई माँ को पुकारती रहती।

मेरी व्याकुलता और व्यथा से किसी-किसी नर्स को मुझ पर तरस आ जाता। वे मुझे दिलासा देतीं। मीरा के ठीक हो जाने का भरोसा दिलातीं। मैं उनकी इसी से

जुड़ी और मिली हुई करुणा को अपने झूठे विश्वास से सहारा देने की कोशिश करता। उनके लिए मीरा के लिए अपनी नवजात बिटिया के लिए और सबसे ज्यादा अपने लिए, उस बूढ़े फकीर से दुआएँ माँगता जिसकी तस्वीर वार्ड में टँगी थी।

उन दिनों में ईश्वर पर मेरा रहा-सहा भरोसा भी टूटने लगा था। मीरा नहीं रही और उसके साथ-साथ मेरा ईश्वर पर से ही विश्वास चला गया। वह जो मीरा की तरह की अपनी भोलीभाली भक्तन का न हो सका, मेरा कहाँ से हो जाता? अपनी मौत के आखिरी क्षणों तक जागते रहने के अपने बिरले क्षणों में भी जब कभी उसकी निगाहें दीवार पर टँगी हुई साईं बाबा की तस्वीर पर ठहरती थीं, तब-तब वह अपना सिर झुका लेती। अपनी मरी हुई माँ के बाद जो दूसरा नाम उसकी जुबान पर आखिरी तक बना रहा वह ईश्वर का ही था।

पर वह शायद सच नहीं है। ईश्वर पर हमारा विश्वास कोई ऐसी ठोस चीज नहीं है। जिसे दावे के साथ पहचाना जा सके। छुआ जा सके। यह विश्वास बनता-बिगड़ता बिखरता-सँवरता रहता है। मीरा थी तब उसके पूजा-पाठ तीज-त्यौहार उपवास और उपासना से घर में ईश्वर की यादें बनी रहती थीं। बचपन में माँ की भक्ति भावना से हमारे घर में भगवान का भाव बना रहता था और बाद में मीरा की पूजा-प्रार्थना से। माँ चली गयी। मीरा नहीं रही और ईश्वर को मेरे साथ रहने में तकलीफें होने लगीं। वह ऐसे किसी आदमी के साथ कैसे रह पाता जो कभी मन्दिर नहीं जाता है, व्रत नहीं रखता है और भगवान की मूर्तियों और तस्वीरों के सामने सिर नहीं झुकाता है।

इतना सच है कि मीरा के जीवन की आखिरी रातों में मैं मीरा के बारे में जितना सोचता रहा या उतना ही ईश्वर को याद करता रहा था। डॉक्टर हार चुके थे। मीरा भी मौत से लड़ते-लड़ते थक चुकी थी। अस्पताल में ही उसका दसवाँ दिन था और उसकी तकलीफें घर में ही कम नहीं थीं। इस बार वह माँ बनने की अपनी प्रतिज्ञा और स्वप्न से दूर होना नहीं चाहती थी। उसकी माँ हो जाने की आकांक्षा प्रबल हो चुकी थी। अपने माँ हो जाने की धुन में वह मीरा ही नहीं रही। उसने बेटी को जन्म दिया और खुद मरने लगी। उसके जीवन की सड़क पर मृत्यु ने चलना शुरू कर दिया और फिर मृत्यु रुकी नहीं। शायद मृत्यु रुकना जानती भी नहीं है। वह निरन्तरता के साथ निर्लज्ज ढंग से चलती रहती है। वह हम सबके साथ चल रही होती है। वह हमें देखती-समझती रहती है लेकिन न हम उसे देख पाते हैं और न समझ पाते हैं। मृत्यु इतनी पुरानी और बूढ़ी हो चुकी है लेकिन उसका रहस्य आज भी किसी नवजात शिशु की तरह है।

इस दृष्टि में मीरा का आखिरी दिन मेरे अपने जीवन का बहुत कठिन मनहूस और मार्मिक दिन रहा। मुझे छोड़कर सभी उसके मरने की प्रतीक्षा करने लगे थे। उन लोगों में हमारी नौ दिन की बिटिया नहीं रही होगी। मीरा को भी आसपास मँडराती मृत्यु का अहसास हो ही गया था। उस रोज उसने अपने वार्ड की खिड़की खुली रखने

के लिए बार-बार कहा था। जब मैंने बाहर की बारिश और ठंडी हवाओं से बीमारी के बढ़ जाने का जिक्र किया तो उसने मेरी तरफ अपनी गहरी, उदास और हद से ज्यादा मरी थकी निगाहों से देखना शुरू किया था। उस देखने में यह शामिल था कि अब मैं और नहीं जी सकूँगी और यह भी कि अब मैं और लड़ना नहीं चाहती हूँ।

"मैं एक बार अपनी बिटिया को देखना चाहती हूँ...."

"सिर्फ एक बार...."

"उसे लाइट देने के लिए रखा है...तुम इस वक्त वहाँ तक जा न सकोगी।"

"मैं अभी नहीं गयी तो कभी भी नहीं जा सकूँगी....मैं आखिरी बार उसे देखना चाहती हूँ।"

"तुम्हें कुछ नहीं होगा मीरा...सब ठीक हो जाएगा।"

"मैंने किसी का क्या बिगाड़ा था.... ।"

वह रोने लगी थी। अपना होश खोने लगी थी। मैं उसके सिर पर हाथ फेरने लगा। मैं भी धीरे-धीरे रो रहा था। कहीं पास के मन्दिर में आरती हो रही थी। शंखों, घंटियों और मनुष्यों की आवाजें आ रही थीं। बारिश थम गयी थी। मीरा के वार्ड की खिड़की खुली थी। वहीं आसपास कीचड़, अँधेरे और पानी के बीच ईश्वर टहलता रहा होगा और मृत्यु भी जिसकी मीरा प्रतीक्षा कर रही थी और जो मीरा की प्रतीक्षा कर रही थी। मृत्यु कितने साधारण वेश में हमारे आसपास भटकती रहती है जैसे वह मैदान में घास चरता हुआ कोई घोड़ा हो, घर-घर भटकती कोई आवारा बिल्ली। नर्स नहीं आती तो मुझे मीरा के गुजर जाने का पता ही नहीं चलता। नर्स इंजेक्शन देने के लिए आयी थी और उसके पहले मृत्यु मीरा के पास आ पहुँची थी। मैं हैरान हुआ था कि बन्द दरवाजे और खिड़की के बावजूद वह कौन-सा रास्ता था जिससे मृत्यु उस कमरे में आयी होगी। मैंने नर्स की दस्तकों से दरवाजा खोला था।

मैं कहीं दूर किसी बरगद के पेड़ के नीचे बारिश से बचने के लिए खड़े हुए ईश्वर को देख रहा हूँ। शायद मीरा भी कहीं से उसे देख रही होगी। ईश्वर और मीरा भी शायद इस वक्त बरसों पहले की उस बारिश को याद कर रहे होंगे।

"तुम जरा-सा भी नहीं झिझकना...मैं कहीं से भी और कभी भी तुम्हें दुखी देखना नहीं चाहूँगी...." मीरा ने कहा था।

"तुम्हें कुछ भी नहीं होगा....तुम डर गयी हो...क्या ऐसे कोई मरता है..." मैंने कहा था।

"मौत को जिसके पास आना होता वह एक तरह की आहट को सुनने लगता है..."

"मैं यह सब नहीं मानता।"

"तुम ईश्वर से जलते रहे हो...पर एक दिन आएगा जब.... ।"

"तुम तो उन्हें इतना मानती हो...."

"इसीलिए वह मुझे ले जा रहा है।"

"अब तुम चुप हो जाओ...डॉक्टरों ने मना किया है...पता नहीं यह बारिश कब थमेगी।"

घनघोर बारिश के उन दिनों में न जाने क्यों ऐसा लगता था कि मृत्यु बारिश की वजह से ही कहीं खड़ी हो जाएगी और मीरा तक आने के अपने संकल्प को भूल जाएगी। तब तक मृत्यु के अपने संकल्प का मुझे पता ही क्या था? मीरा का जीवन समाप्त हुआ और तब ही मेरा जीना भी शुरू हुआ। उसके नहीं रहने पर मैंने उसके न होने को जीना शुरू किया। मैं अपनी बिटिया को नहलाता था, उसके कपड़े बदलता था, उसके लिए खाना बनाता था और उसके लिए कुछ भी करते हुए, यह सोचता रहता था कि सब कुछ वैसा ही किया जाना चाहिए जैसा मीरा ने किया होता, मीरा ने चाहा होता। अपनी बिटिया के शुरुआत के बरसों में उसके साथ रहना, मीरा के साथ रहना भी रहा। मैं ईश्वर के बिना रहता आया था। मैं मीरा के बिना जीना सीख रहा था।

पिछले दस बरसों में बहुत बार ऐसा लगा कि मुझे मेरे लिए बिटिया के लिए और मीरा की आत्मा की शान्ति के लिए किसी से विवाह कर लेना चाहिए। मैं इस ख्याल के बहुत नजदीक तक गया। मैं उस स्त्री के भी बहुत करीब तक गया जिससे मैं विवाह करना चाह रहा था। पर आखिरी क्षण में मैं बुरी तरह डर गया। अपने आप से। मीरा से। ईश्वर से। शायद उस ज्योतिष से भी जो शनि मन्दिर के पड़ोस में अपनी सफेद और घनी दाढ़ी लिए हुए बैठा रहता था। बीच-बीच में अपनी बिटिया के लिए भी डर जाता था। यह डर भी पीछा नहीं छोड़ता था कि मेरे मरने के बाद, मेरी बिटिया की कौन देखभाल करेगा?

मीरा के इस तरह अचानक चले जाने, उसके दिनोंदिन तक न दिखने। हमारे घर की एक-एक चीज के बीच कभी उसके होने और इस तरह उसके गुजर जाने से मेरी अपनी दुनिया उजड़ती गयी। यह बात साथ रहने लगी कि मृत्यु की अपनी दुनिया होती है और नक्षत्रों का अपना संसार। फिर ईश्वर का अपना इलाका था जहाँ सिर्फ उसकी ही...चलती थी। उसका अपना न्याय था और अपने नियम जो मीरा की तरह निर्दोष व्यक्ति को भी सजा दे सकता था।

"उसे यही मंजूर था..." उसने कहा था।

"पर क्यों ऐसा होना चाहिए...तुम उस पर इतना भरोसा रखती हो और वह...."

"तुम नहीं समझ सकते...उसकी लीला निराली है...उसका ही उसे जानता है।"

"वैसे तो तुम्हें कुछ नहीं हुआ है...लेकिन तुम्हें कुछ ऐसा-वैसा हो गया तो मैं समझूँगा कि वह है ही नहीं..."

"ऐसा नहीं कहते...वह सब कुछ सुनता है .."

ईश्वर सुन रहा था या नहीं यह तो मुझे नहीं पता लेकिन मृत्यु जरूर हमारी बातों को सुनती रही होगी। वह अस्पताल के उस वार्ड के आसपास भटकने लगी थी। वह मीरा के पास आती रही थी, मीरा के पास से लौटती रही थी। वार्ड की खिड़की से बारिश के दिनों की हवाओं में झूलते-झूमते नीलगिरी के पेड़ नजर आ जाते और देशी हवेलियों की छत पर गिलहरियाँ दौड़ती रहती थीं। हमारी बिटिया को एक दूसरी जगह पर रखा गया था जहाँ उसका पीलिया का इलाज हो रहा था। वह बारिश के साथ-साथ बीमारियों और मृत्यु के दिन थे।

मेरे जीवन के वे कठिन असहनीय और अराजक दिन गुजर गये। ये दिन भी गुजर जाएँगे। दिनों की बात ही क्या है, सारा जीवन गुजर जाता है? मीरा की मौत के बाद के शुरुआत के दिनों में मैं अपने इतने बरसों तक जीते चले जाने के बारे में सोच भी सकता था? धीरे-धीरे सब कुछ सहनीय सरल और सहज होता गया। बीच के बरसों में मैंने एक दूसरी स्त्री से प्रेम भी किया और उससे विवाह भी करना चाहा था। आदमी सब कुछ सहन कर जाता है। हर पीड़ा का कोई न कोई अन्त आता ही है और हर दुख किसी न किसी दिन हमें छोड़कर कहीं और चला जाता है।

बारिश थम रही है। मेरी बिटिया बारिश और उसकी निरन्तर आवाजों से बेखबर सो रही है। एक दूसरी दुनिया में जिसमें परियाँ होंगी और पेड़ों के नीचे खेलते हुए देवदूत। उस दुनिया में कोई देवदूत मेरी बिटिया को बांसुरी सुना रहा होगा और उसके आसपास परियाँ नाच रही होंगी। मेरे आसपास लालटेन का उजाला है और उसमें चमकता मेरा कमरा। इसी कमरे की एक दीवार पर मीरा की तस्वीर टँगी है। मीरा की तस्वीर जो कभी इसी घर में रहा करती थी और अब शायद ईश्वर के घर में रह रही है।

जिहाद

पलंग के करीब रखी हुई छोटी-सी मेज पर काँच का खाली गिलास, अधखुली किताब, घड़ी और गुलदस्ता रखा हुआ है। कल रात में दीदी इस अधखुली किताब को पढ़ती रही होंगी। वह नींद में जाने के पहले पढ़ती ही हैं। उनकी पलंग के सिरहाने की दीवार पर ही किताबों का छोटा-सा रैक खड़ा हुआ है। वहीं एक खाने में मिट्टी की कुछ कलाकृतियाँ हैं जिन्हें दीदी के पिता कभी विष्णुपुर से ले आये थे। रैक के करीब ही टेबल लैम्प के लिए स्टैण्ड बना हुआ है। जब मैं इस घर की बरसाती में रहा करती थी तब अक्सर सोने के पहले दीदी के इस टेबल लैम्प को बुझाती थी, उनके खुले हुए चश्मे को सिरहाने से उठाकर कहीं रखा करती थी।

"आप चश्मे को सिरहाने पर रख देती हैं...नींद में टूट नहीं जाएगा," मैं कहती।

"मुझे मालूम है कि सोने के पहले तुम आती हो," दीदी कहतीं।

"लेकिन मैं यहाँ कितने दिन रहूँगी।"

सात-आठ बरस पहले मैं अपने ग्रेज्युएशन की तैयारी के लिए इस घर की बरसाती में रहने लगी थी। तब तक मेरी माँ ने इस घर में काम करना छोड़ दिया था। मेरे भाई का परिवार बढ़ रहा था और हमारे घर में पढ़ना मुश्किल होता जा रहा था। तभी दीदी ने यहाँ बरसों से खाली पड़ी बरसाती को मेरे रहने के लिए ठीक-ठाक कर दिया था।

बहुत-बहुत पहले, मेरे मिडिल स्कूल के दिनों में, मैं इस घर के गेट तक अपनी माँ से किताबों-कापियों के लिए पैसे माँगने के लिए आया करती थी। मैं अपनी साइकिल की घण्टी बजाती और बूढ़ा जैकाल भौंकते-भौंकते गेट तक आ जाता।

"तुम पर ही इतना भौंकता है," दीदी के पिता कहते।

"इसीलिए मैं अन्दर नहीं आती हूँ।"

"तुम अन्दर आने लगोगी तो नहीं भौंकेगा।"

वे बरामदे में आरामकुर्सी पर बैठे रहते थे। वे इतिहास के प्रोफेसर रहे थे और प्रशासन से अपनी नाराजगी पर उन्होंने छः साल पहले नौकरी से इस्तीफा दे दिया था। मैं जब बरसाती में रहने के लिए आई तब वे जीवित नहीं थे और बूढ़े जैकाल को भी

इस पुराने घर के बड़े से बगीचे में ही कहीं दफना दिया गया था। बूढ़ा जैकाल उन लोगों का ही कुत्ता था जिनसे दीदी लोगों ने इस घर को खरीदा था। वे लोग मकान बेचकर दूसरे देश में चले गये और उन्होंने अपना छोटा-सा कुत्ता, अपनी कुछ किताबें और इटली में बना हुआ एक टेलीस्कोप इन्हें दे दिया था। टेलीस्कोप अब भी बरसाती में रखा हुआ है और दीदी कभी-कभी छत से नक्षत्रों के संसार को देखा करती हैं।

"तुम्हारी आई ने तुम्हें बहुत मुश्किलों से पाला है...तुम लोग उसे दुःखी मत करना"—दीदी की माँ ने मुझसे कहा था।

मेरी आई बाईस साल की उम्र में विधवा हो गयी थी और उसने मुझे और भाई को घरों में काम करते हुए पाला था। दीदी के घर में वह अपनी पच्चीस बरस की उम्र से पचास की होने तक काम करती रही थी। आई के जीवन के उतार-चढ़ाव को इस घर के लोगों ने नजदीक से देखा था। आई ने विधवा हो जाने के चार बरसों के बाद एक दूसरे आदमी से विवाह कर लिया था और वह आदमी उसे बहुत ज्यादा सताता था। हम दोनों जब बहुत छोटे थे तभी वह आदमी एक दुर्घटना में नहीं रहा और आई को उसकी एक लड़की की भी कई सालों तक देखभाल करनी पड़ी थी।

इसीलिए मेरे छब्बीस के होने पर जब आई ने मुझसे विवाह करने के लिए कहा तो मैंने जरा-सी भी आनाकानी नहीं की। मैं आई को दुखी नहीं करना चाहती थी। मैं और कुछ बरसों तक पढ़ना चाहती थी, कुछ बनना चाहती थी। अपने परिवार को मजबूत करना चाहती थी। आई को कुछ ऐसी सुविधाएँ देने का मेरा मन था जिनको वह दूसरों के घरों में देखती आयी थी। उन छोटी-छोटी सुविधाओं के लिए तरसती आयी थी। उस वक्त मेरे सामने पूरी जिन्दगी खुली थी और मैं अपने जीवन के दूसरे रास्तों को भी खोलना चाह रही थी। यह अच्छा रहा कि मुझे जो आदमी मिला वह एक भला और समझदार आदमी था और मुझे पढ़ाना चाहता था, बढ़ाना चाहता था। इतना जरूर था कि वह उस आदमी से बहुत अलग रहा जिसे मैं चाहती रही थी। उसके साथ मेरा विवाह हो पाता तो मेरी जिन्दगी किसी दूसरी दिशा में खुलती।

शायद जिन्दगी का खुले रहना ही बड़ी बात नहीं है। कुछ और भी जरूरी होता है। जिन्दगी तो दीदी की भी खुली हुई थी। माँ-बाप पढ़े-लिखे थे। वह खुद मैरिट में आती हुई छात्रा रही। इकलौती सन्तान थी और बहुत पहले के मध्यवर्ग में पली-बढ़ी थी। कभी स्वीडन के किसी शहर में यूनिवर्सिटी में इक्रोबायोलोजी में रिसर्च के लिए जाने की भी तैयारी कर चुकी थी। साँवली जरूर रही लेकिन नाक-नक्श आकर्षक रहे। एक लड़का भी था जो दीदी से विवाह करना चाहता था। बाद में वह लड़का शिकागो चला गया और वहीं बस गया। उसका नाम कुणाल था।

क्या कभी-कभी ऐसा होता है कि आदमी अपनी जिन्दगी को खुद ही बन्द कर लेता है? मन में एक किस्म की लहर उतर आती है और हम अपने को बहाकर किनारों से इतनी दूर ले आते हैं कि बाद में किनारों का ठिकाना ही नहीं मिलता है। क्या ईश्वर

को साफ-साफ नजर नहीं आता है? क्या भगवान की नजर धुँधली होती है? वह क्यों दीदी की तरह की भोली-भाली लड़की को इतना अकेला रखता है। इस तरह दुखों और उदासियों के बीच खड़ा रखता है? जिन इच्छाओं को साधारण से साधारण लड़की भी पूरा कर लेती है, उन्हीं इच्छाओं को दीदी क्यों नहीं पूरा कर सकी? क्या दीदी एक बेहतर पत्नी, एक बेहतर माँ नहीं हो सकती थी? क्यों ऐसा व्यक्ति दीदी के जीवन में नहीं आ सका जिसने दीदी को चाहा होता। दीदी ने जिसको प्यार किया होता। वह भी कैसा निराला अनुभव होता होगा कि जब कोई प्यार करना जानता होगा, प्यार पाने के काबिल होता होगा और उनका जीवन प्यार के आशय में बीतता जाता होगा, बीतता जाता होगा।

दीदी ने मुझे ही कितना कुछ दिया। इतना सारा स्नेह। इतना ज्यादा विश्वास। मेरी सगी बहन भी होती तो मेरे लिए इतना करने में हिचकिचाती। मुझे अपने पैरों पर खड़ा करने के लिए दीदी ने क्या-क्या नहीं किया। मुझे पढ़ाती रही, मेरी भाषाओं को माँजती रही, मजबूत करती रही। मेरे लिए आवेदन पर आवेदन भरती रही। मैं जब तक सेण्ट्रल स्कूल में अध्यापिका नहीं बनी तब तक दीदी ने मेरी दोनों लड़कियों को अपने पास रखा, एक माँ की तरह उनकी देखभाल की। कभी-कभी उनसे मिलती इतनी ज्यादा मदद के लिए मैं अपना संकोच व्यक्त करती तो बस इतना कहती—"मैं दुर्गाबाई का कर्ज चुका रही हूँ।"

दुर्गाबाई मेरी आई थी। दीदी के माता-पिता शहर में नहीं, गाँवों में पढ़ाते थे। वीक-एण्ड में अपने घर आया करते थे। एक तरह से दीदी सोलह बरस की होने तक मेरी आई की ही देखभाल में रही थी। कभी-कभी मैं अपनी आई या दीदी से उन बरसों के जीवन के बारे में सुनती तो मुझे दीदी से ईर्ष्या होती थी। पर दीदी थी ही ऐसी कि उन्हें कोई भी उतना ही प्यार करता, जितना मेरी आई ने उनसे किया है, करती रहेगी।

यह वही तुलसी का चौरा है जिस पर हर शाम दीदी की माँ दीया जलाती थी। रात के अँधेरे की शुरुआत होती और दीदी की माँ बगीचे में रखी बेंत की कुर्सी पर बैठ जाती। पड़ोस में उनका ट्रांजिस्टर बजता रहता। उससे मराठी में समाचार और गाने आते रहते। दीदी के पिता बरामदे में ही बैठा करते थे। वे वहाँ बैठे हुए पढ़ते रहते थे। उनकी अपनी किताबों की एक अलमारी थी जो अब बरसाती में रखी हुई है। नेशनल ज्योग्राफी के पुराने अंक, टायनबी की किताबें, इतिहास पर लिखे गये रिसर्च पेपर के संग्रह और पापुलर अमेरिकी लेखकों के पापुलर फिक्शन। दीदी की माँ शारदा लाइब्रेरी से किताबें ले आया करती थीं। वहीं पड़ोस में टेकड़ी पर गणेश मन्दिर भी था जहाँ घड़ी भर बैठना उन्हें तब तक अच्छा लगता रहा जब तक वह घर से बाहर जा सकने लायक बनी रहीं। अब कभी-कभार मैं दीदी के साथ शारदा लाइब्रेरी में चली जाती हूँ। अक्सर ये वे शामें होती हैं जब दीदी की मौसी दीदी के साथ कुछ समय गुजारकर, अपने शहर लौट जाती है।

दीदी को भी कुछ न कुछ पढ़ते रहना, नियमित रूप से पढ़ते रहना अच्छा लगता है। वह अपने स्कूल की लाइब्रेरी से अपने मित्रों के पास से और कभी-कभार सेकेण्ड हैण्ड किताब की दुकानों से अपने पढ़ने के लिए पुस्तकें ले आती हैं। दीदी की दिलचस्पियाँ अपने माँ-बाप से अलग हैं और वह अक्सर फ्रांस और रूस के लेखकों के उपन्यासों को पढ़ती रहती हैं। उनकी इन किताबों में से ही कभी मैंने पुश्किन और गोगेल की कुछ कहानियाँ पढ़ी थीं। पुस्तकों के अलावा जिन दूसरी चीजों में दीदी की दिलचस्पी कुछ ज्यादा ही रही है, वह हिन्दुस्तानी शास्त्रीय संगीत है, जिसके रिकार्ड्स और कैसेट्स पिछले वर्षों में उनके घर में बढ़ते गये हैं। सर्दियों के दिनों में कोजगिरी के आसपास हमने दीदी की छत से, उनके टेलीस्कोप के सहारे, परिचित-अपरिचित तारों को भी देखा है।

"अपनी खुद की दुनिया न नही तो दी हुई दुनिया से जी पाना मुश्किल हो जाता है..."

दीदी ने कभी किसी लेखक की किताब से इस आशय का कोई वाक्य पढ़कर सुनाया था। तब क्या वह अपने खाली वक्त में अपनी दुनिया को बनाने-बचाने के प्रयत्न ही नहीं करती रही हैं? उनकी सुबह की सैर, उनका नक्षत्र मण्डल से लगाव, उनका शास्त्रीय गायन सुनना और किताबों को पढ़ना, बगीचे को सम्हालना-सँवारना, अपने लिए अपना संसार गढ़ने की ही चेष्टा नहीं है?

मैं यहाँ रहते वक्त जब नींद से जागती थी तब दीदी अपनी सुबह की सैर से लौट चुकी होती थीं। मैं खिड़की से उन्हें पेड़-पौधों को पानी देते हुए देखती रहती। उनके कमरे से किसी रिकार्ड की धीमी आवाज आती रहती। जैकाल उनके पास खड़ा होता। वह सुबह के वक्त हम सबके लिए चाय बनातीं, नाश्ता तैयार करतीं। मैं जब सीढ़ियों से नीचे आती तो वह अपने कमरे में अखबार पढ़ती रहतीं या कपड़े प्रेस कर रही होतीं या बिस्तर पर बैठे हुए कुछ पढ़ रही होतीं, सुन रही होतीं। मेरे नहाकर निकलने तक वह अपनी स्कूटर से अपने स्कूल की तरफ बढ़ चुकी होती थीं। दीदी में एक तरह की सक्रियता रहती आयी है जिसकी रोशनी में मुझे अपने आलस्य पर तब ज्यादा गुस्सा आता था, अब कम आता है। उनकी बरसाती में रहते हुए मैं खुद को बदलने का संकल्प करती रही थी, खुद को थोड़ा-बहुत बदलती रही थी। उन दिनों कभी-कभार यह भी हुआ कि दीदी ने मेरे कमरे को साफ किया, उसके सामान को व्यवस्थित किया, मेरी किताबों से धूल हटायी, मेरे कमरे के कैलेण्डर के महीनों को बदला। यह मुझे अब याद आता है कि मेरी आदतों की, मेरे आलस्य की उन्होंने कभी भी, न मुझसे और न किसी और से शिकायत की।

"आप मुझे बिगाड़ रही हैं," मैं कहती।

"यह सब करना मुझे अच्छा लगता है," वह कहतीं।

"इससे आपका कितना समय बरबाद होता है।"

"मैं ऐसा नहीं सोचती हूँ।"

"दीदी...फिर आप देर-देर तक क्या सोचती रहती हैं..." यह सवाल मैं मन ही मन में दुहराती थी।

मैं कॉलेज से लौटती और शाम का अँधेरा दीदी के बरामदे में चुपचाप उतरता रहता। दीदी की माँ जैकाल के साथ शाम की सैर पर गयी होतीं। मैं दीदी को गुमसुम देखती और अपने कमरे की सीढ़ियों पर चढ़ने लगती। सीढ़ियाँ पत्थर की थीं। दीदी का गमगीन होना उन सीढ़ियों को और ठण्डा कर देता था। मुझे लगता कि वह उस आदमी के बारे में सोच रही होंगी जो उनकी जिन्दगी में आ न सका था। वह उन बच्चों के बारे में सोच रही होंगी जिन्हें इस घर के आँगन में खेलना था, इसके बगीचे में दौड़ना था। मैं उनके एकदम पास से गुजरती थी और उनका ख्याल जरा-सा भी नहीं टूटता था। तब मैं कहाँ जानती थी कि हमारी जिन्दगी में कुछ ऐसे भी ख्याल होते हैं जो कभी नहीं टूटते हैं। ऐसे ख्याल खुद टूटते नहीं हैं और हम तोड़ते चले जाते हैं।

दीदी चालीस की उम्र को पार कर रही हैं। एक बरस पहले जब तक दीदी की माँ जीवित रहीं उनके जीवन में उतना अकेलापन नहीं रहा होगा। अभी एक दिन बारिश की एक दुपहर में दीदी मेरे स्कूल में आ गयीं। उस रोज की हमारी दुपहर म्युजियम के बरामदे में बारिश से बचते हुए, बतियाते हुए बीती। क्राइस्ट चर्च स्कूल के कुछ बच्चे बरामदे में ही बारिश के रुकने की प्रतीक्षा कर रहे थे। वह देर तक बच्चों से बात करती रहीं और बाद में मुझसे पूछा—"अगर मैं किसी बच्चे को गोद ले लूँ तो कैसा रहेगा।"

"मैं कैसे बता सकती हूँ लेकिन आपने ऐसा किया तो मैं उस बच्चे की देखभाल जरूर करूँगी...। आपको आई से बात करनी चाहिए।"

"दुर्गाबाई को मेरे लिए डर लगा रहता है।"

"क्यों?"

"मुझे कौन देखेगा...फिर बच्चे की बात कहूँगी..."

"क्या मैं आपका ख्याल नहीं रखूँगी?"

"वह तो मैं जानती हूँ।"

"आप कुछ भी नहीं जानती हैं...आपका मुझ पर जरा-सा भी भरोसा नहीं है।"

"ऐसा नहीं है रानी..."

वे म्युजियम के बरामदे में मुझे समझाने लगती हैं। मैं थोड़ी-सी भावुक हो जाती हूँ, थोड़ी-सी छोटी भी और तब दीदी का अटपटापन और अपनापन महसूस करना अच्छा लगता है।

"बेबी पहले से ही ऐसी है।" आई कहती है।

"ऐसी से तुम्हारा मतलब!" मैं पूछती।

"तुमको पता ही नहीं लगने देगी कि उसके अन्दर क्या चल रहा है।"

"क्या कभी तुमसे अपनी शादी को लेकर कुछ कहा है।"

"नहीं...कभी मुझे डर लगा...कभी मुझे पूछना अच्छा नहीं लगा...फिर यह भी लगता था कि बेबी ही कभी मुझे बताएगी..."

"कभी इस विषय पर घर में बातचीत तो हुई ही होगी।"

"बातचीत ही नहीं, बहसें हुआ करती थीं...तब बेबी के डैडी नहीं रहे थे... उसकी वह मौसी विधवा हो गयी थी...बेबी की माँ और मौसी के बीच बेबी की शादी बहस का मुद्दा बन जाती थी...पहले तो बेबी उस कमरे में रहती ही नहीं थी और रहती भी तो चुपचाप बैठी रहती थी।"

कोई कुणाल था। अब शिकागो में पढ़ाता है। बहुत पहले वह इस घर में बहुत ज्यादा आता था। दीदी के लिए उसकी चिट्ठियाँ आती थीं। वे दोनों साथ-साथ घूमा करते थे। आई ने भी उन दोनों के साथ कोई नाटक देखा था और आई थियेटर में ज्यादातर सोती रही थी। कुणाल की चिट्ठियों, कुणाल के इस घर के बरामदे में बैठने और कुणाल के शिकागो में बसने को लगभग दस बरस होने आ रहे हैं।

मेरे विवाह को लेकर दीदी में काफी उत्साह रहा था। हम दोनों ही बाजार जाते रहे थे। शादी के कार्ड को दीदी ने ही डिजाइन किया था। मण्डप के सामने की रंगोली, वहाँ की सजावट, वहीं केले के पत्तों और फूलों से बना एक तरह का शिल्प दीदी ने ही बनाया था। मुझे उन्होंने रवीन्द्रनाथ ठाकुर के कुछ चित्रों को मढ़वाकर दिया था और एक दिन मेरे घर की दीवारों पर उन चित्रों को टाँगा भी दीदी ने ही था।

"कोई मुझसे पूछेगा कि इन चित्रों में क्या है तो मैं क्या जवाब दूँगी।" चित्रों को टाँगने में मदद करते हुए मैंने पूछा था।

"कहना कि मुझे नहीं पता है या कब तक जो पता चल जाएगा वह बताना।"

"क्या यह हँसी की बात नहीं होगी।"

"बिल्कुल भी नहीं...ऐसी कितनी चीजों के बीच हम रहते हैं जिनका हमें अर्थ पता नहीं होता है।"

मुझे याद है कि तस्वीरों को टाँगते हुए वह यह भी समझाती रही थीं कि ऐसा सोचना कितना गलत है कि आदमी को हर चीज का पता होना ही चाहिए। हमारी दुनिया में ऐसा कितना कुछ है जो हमारे लिए रहस्यमय बना हुआ है, रहस्यमय बना रहेगा। हम कहाँ रात के पूरे मतलब को जानते हैं, चिड़िया के पूरे मन और जीवन को जानते हैं? दीदी की इस तरह की बातों को मैंने कभी-कभी हिन्दुस्तानी शास्त्रीय संगीत के उनके रिकार्डों को सुनते हुए महसूस किया था। दीदी ने ही शादी के बाद हमारे लिए पंचमढ़ी के जंगल विभाग का गेस्ट हाउस बुक करवाया था। पंचमढ़ी की उजाड़ और उदास दुपहरों में मैं कभी-कभी दीदी के बारे में ही सोचती रही थी।

अब पहले की तरह दीदी के यहाँ बार-बार आना नहीं हो पाता है। मुझे शहर के सरहद पर खड़े स्कूल में बस से जाना पड़ता है। मेरे पति सुबह-सुबह फैक्टरी चले

जाते हैं। आई से अब काम नहीं हो पाता। मेरी दूसरी बेटी अक्सर बीमार रहती है। अब दीदी ही कभी-कभी घर आ जाती हैं। आज दीदी को अचानक जबलपुर जाना पड़ा। उनके स्कूल की किसी अध्यापिका के साथ। दीदी की मौसी यहाँ आने के लिए ट्रेन पकड़ चुकी थीं और घर में किसी न किसी का रहना जरूरी था। मौसी बीच-बीच में दीदी के पास चली आती हैं और उनके साथ के दिन दीदी के लिए दिलचस्प और बेहतर दिन होते हैं। आई कहती हैं कि दीदी का अपनी माँ से उतना अच्छा रिश्ता नहीं रहा, जितना अपनी मौसी से। मौसी ही थीं जो दीदी को समझती रहीं, समझाती रही थीं।

"मौसा जी सेना में थे...वे लद्दाख में मरे थे," दीदी ने बताया था।

"तब मौसी की उम्र क्या रही होगी?"

"वह छत्तीस की थीं...उनमें गजब की सहनशक्ति है...उस वक्त से अपना एक छोटा-सा स्कूल चला रही हैं...अब तो उनकी सास भी नहीं रहीं...मैंने कितनी बार यहाँ आ जाने के लिए कहा है।"

"उनके यहाँ बच्चा नहीं हुआ था," मैंने पूछा था।

"एक लड़की हुई थी...दो बरस की होने पर गुजर गयी।"

"और मौसी ने कभी दूसरी शादी के बारे में नहीं सोचा।"

"सोचा भी होगा...लेकिन सोचने से क्या हो जाता है..."

मैं दो-तीन बार मौसी से मिली हूँ। उनसे पहाड़ी लोगों के बीच के उनके दिनों के बारे में सुना है। गिरती हुई बर्फ, टूटती चट्टानों, हवाई जहाज से नजर आते पहाड़ों, पहाड़ी डाक बंगलों और पहाड़ी देवी-देवताओं के कुछ किस्से उनसे सुने हैं। विवाह के बाद के उनके तीन-चार बरस अपने आप में किसी कहानी से कम नहीं हैं। किसी-किसी के जीने में कितनी कहानियाँ होती हैं। सुख-दुख की छोटी-छोटी नदियों का सिलसिला-सा होता है किसी-किसी जीवन में। मौसी के शहर में ही गैस रिसने की भीषण त्रासदी को घटना था। मौसी ने अपनी आँखों के सामने एक-एक साँस के लिए तड़पते हुए, अन्ततः मरते हुए लोगों को देखा था। अपने पति के जिन कपड़ों को मौसी ने सँभालकर रखा था, उन कपड़ों को उन्होंने गैस से प्रभावित लोगों के शिविर में बाँट दिया। वह भयावह त्रासदी सर्दियों के दिनों में घटी थी।

अपने शहर की उन सर्दियों के बारे में मौसी ने मुझे और दीदी को एक रेस्तराँ में बताया था। मौसी आतीं और दीदी का शाम का वक्त किसी रेस्तराँ, थिएटर, सिनेमाघर या पार्क में बीतता। वे दोनों सेकेण्ड हैण्ड किताबों की दुकानों के फुटपाथ पर भटकती रहतीं, डिकार्ड्स या कैसेट्स खरीदने के लिए निकलतीं। दीदी उन दिनों अपने घर के परदे और चादर बदलतीं। दोनों मिलकर घर की दीवारों पर रंग चढ़ाते, बगीचे को ठीक-ठाक करते, गर्मियों के लिए किसी प्रवास का इरादा बनाते।

मौसी चली जाती हैं और दीदी का मन कुछ दिनों तक डूबा-डूबा रहता। मैं दीदी

से कहती हूँ कि अगर मौसी का अपने स्कूल से इतना गहरा लगाव है और मौसी वह शहर नहीं छोड़ सकती हैं तो आप ही क्यों नहीं उस शहर में बस जाती हैं। मेरे सुझाव पर दीदी मुस्कराती हैं।

"तुम नहीं समझोगी...शहर छोड़ने से दुख थोड़े ही छूट जाता है।"

"पर किसी के साथ होने से दुख को सहना आसान तो हो जाता है।"

"तुम्हारी बात हर दुख पर नहीं बैठती है।"

सब क्या? दुख के भी अपने-अपने, अलग-अलग घर होते हैं? हर दुख का अपना चेहरा, हर दुख की अपनी दुनिया। मैं दीदी के दुख से होते हुए दुख के बारे में सोचना शुरू करती हूँ। अपने दुख पर लौटती हूँ। मैं कहीं यह जिन्दगी जीना चाहती थी जो मैं जी रही हूँ। मैंने भी किसी को चाहा था, उसके साथ घर बसाना चाहा था। कितनी गहरी उदासी थी उसकी निगाहों में जब हम आखिरी बार मिले थे।

"क्या मैं तुम्हें एक बार छू सकता हूँ," उसने कहा था।

"नहीं...।"

"क्यों?"

"मैं नहीं जानती।"

हम शहर के प्रधान डाकघर की बड़ी-सी विक्टोरियन इमारत के बरामदे में मिला करते थे। कभी नौकरी के लिए एप्लीकेशन भेजते हुए ही हम दोनों की मुलाकात हुई थी। मैं दीदी से कैसे बताती कि ऐसे भी कुणाल होते हैं जो शिकागो नहीं जाते हैं, हमारे साथ हमारे ही शहर में रहते हैं लेकिन वे हमसे उतने ही दूर होते हैं जितना शिकागो। मौसी के जाने के बाद के दो-तीन दिन दीदी के साथ बिताने होते हैं। मौसी के जाते ही स्कूल में दीदी का फोन आ जाता है। मैं स्कूल के गलियारों में भटकते हुए दीदी के दुख के बारे में सोचती रहती हूँ। अपने दुख के लिए शोक करती रहती हूँ। दुख के गलियारों में होती हूँ। मैं गणित से फिजिक्स की क्लास में, फिजिक्स से गणित की क्लास में जाती हूँ। मेरे साथ-साथ दुख भी एक जगह से दूसरी जगह जाता रहता है। अपने दुख के साथ होना, दूसरे के दुख के साथ होने से ज्यादा तकलीफदेह होता है। दुख के बीच में होना, दुख के किनारे होने से ज्यादा असहनीय होता है। दुख होता है और हमको होने नहीं देता। स्कूल के गलियारों में मुझे तरह-तरह की पढ़ी-सुनी समझी गयी बातों का ख्याल आता रहता है।

"अपना सुख सबसे ज्यादा अपने पर ही निर्भर रहता है।"

यह भक्तिकाल के किसी कवि के कहे गये वाक्य का अंश है जिसे मैंने सन्त तुकाराम के गाँव की मिट्टी की दीवार पर पढ़ा था। मैं एक ट्रेनिंग प्रोग्राम में पूना गयी थी और छुट्टियों के दिनों में हम लोग सन्त ज्ञानेश्वर और सन्त तुकाराम के गाँव गये थे। दीदी की दिनचर्या में अपने आपको सँभालने-सँवारने की कोशिश को देखती हूँ तब देहू गाँव का वह वाक्य निगाहों के सामने चमक उठता है। वह बरसों पुराने मराठी के

शब्द थे और दीदी को बगीचे में काम करते हुए, किसी पुस्तक को पढ़ते हुए या किसी रिकार्ड को सुनते हुए देखकर याद आ जाते थे। मैंने उन्हें बहुत कम बोरियत के बीच देखा है। बहुत कम बार निकम्मापन लिए हुए। बहुत पहले दीदी ने कहा था—'मैं अकेलापन महसूस करती रही हूँ लेकिन बोरियत मुझे बहुत कम ही सताती है।' मुझे हैरानी होती है कि कोई अकेली स्त्री कैसे इतना भरा-पूरा जीवन जीने की कोशिश करती है। पर शायद अकेला आदमी ही अपने लिए अपनी दुनिया को रच पाता है। अपने संसार को रच पाना, अपनी दुनिया को बचा पाना हमारे इस कलियुग में कितना कठिन काम है। अभी जब मैं कल इस घर में आयी तो दीदी अपने बगीचे में शेड के नीचे खड़ी अपने पसन्द की लकड़ी की मेज बनाने में लगी थी। उस आकार की मेज बाजार में मिल नहीं रही थी और दीदी ने अपने परिचित बढ़ई से सलाह-मशविरा कर खुद ही मेज तैयार कर ली थी। मुझे याद है कि मेरे छोटे से घर में मेरी बड़ी लड़की के लिए गुड़ियाघर बनाने का सुन्दर और व्यावहारिक विचार दीदी के पास से ही आया था।

मेरे अपने पास ऐसा बहुत कुछ है, मेरे अपने भीतर ऐसा बहुत कुछ है जो मुझे दीदी से मिला है। दीदी न होती तो मेरी अपनी जिन्दगी का स्वरूप दूसरा होता। मैं पढ़ने के संसार के इतने करीब नहीं आती। कुछ कर गुजरने कुछ बन पाने के थोड़े से प्रयत्न मैं कर पायी तो वह दीदी की मदद से ही सम्भव हो सका। आज सोचती हूँ कि अगर मैंने दीदी को अपने प्रेम के बारे में बताया होता तो वह जरूर मेरे लिए कुछ न कुछ करतीं। उस वक्त मैं दीदी को इतना जानती भी नहीं थी और आई को इतना जरूर जानती थी कि मेरे किसी परायी जात के आदमी से विवाह का विचार भी उनके लिए कितना बड़ा सदमा होता है। आई एक-एक रुपए के लिए तरसती रही, हमारी छोटी-छोटी लालसाएँ अधूरी रहीं लेकिन किसी गैर ब्राह्मण के यहाँ काम करने का मन आई ने कभी भी नहीं बनाया। इस जगह वह कुछ ज्यादा ही जिद्दी है। फिर मैंने जिस लड़के को चाहा था वह छोटी जाति का भी था और गरीब परिवार का भी। धीरे-धीरे वह दुख भी कहीं दबता चला गया। हर दुख एक न एक दिन कहीं चला जाता है, कहीं दब जाता है, कहीं दफन हो जाता है। हम प्रमुख डाकघर के बरामदे में कभी जाते हैं और पुराने दुख की छाया कुछ देर के लिए हमें घेरती भी है। यह वक्त होता है जब हम किसी कुणाल को याद करते हैं जो अब शिकागो में रहता है और उस कुणाल को भी जो हमारे शहर में रहते हुए भी ऐसे रहता है जैसे वह शिकागो में रह रहा है। इस तरह दुख के दिन आते हैं, दुख के दिन जाते हैं।

मैं दीदी के घर की दहलीज पर खड़ी हूँ और दुख की दुनिया मुझे घेर रही है। पड़ोस के मकान के सामने एक बूढ़ा बैरागी एकतारे पर भजन गा रहा है। उसके गाने में मुझे याद आता है कि परसों मैं स्कूल से निकलकर बस स्टॉप की तरफ बढ़ रही थी और मेरे सामने से दो अधेड़ आदिवासी स्त्रियाँ गाते हुए गुजर रही थीं। उनके इस

तरह गाते हुए जाने ने मुझे आनन्द दिया था। वे स्त्रियाँ मजदूरी करती होंगी और शाम के वक्त काम की थकान मिटाने-भुलाने के लिए गा रही होंगी। क्या दीदी भी जिन्दगी की थकान को भुलाने और सहने के लिए ही रिकार्ड्स सुनती हैं, पुस्तकें पढ़ती हैं, सैर पर जाती हैं और इस तरह की कितनी-कितनी व्यस्तताओं के बीच अपने आपको खड़ा करती हैं।

"चुनौतियों के सामने ही अपने बारे में कुछ ठीक-ठाक पता चलता है", दीदी ने कहा था। वे चुनौतियों के सामने खड़ा होने की कोशिशें करती रही हैं। कोशिश मुझे उनके जीने का मूल भाव नजर आता है। दुख को सहने की कोशिशें जो परसों शाम को मुझे उन आदिवासी अधेड़ और थकी-हारी गरीब औरतों के गाने में महसूस हुई थीं। उसे सहने लगो और वह दूर जाने लगता है, मरने लगता है।

मुरमुंडा

इस वक्त वह अपनी सुबह की सैर से लौटा होगा। इन दिनों में वह बहुत सुबह में चला जाता है। तालाब के किनारे मछली पकड़ने के लिए बैठे लोगों के बीच बैठा रहता है। तालाब पुराना है। आम के पेड़ों से घिरा हुआ है। वहीं शिवलिंग की पूजा होती है और वहीं कहीं किसी पीर की मजार है। मैं वहाँ कभी नहीं गयी। मुरमुंडा नाम की उस जगह के बारे में मैं जितना भी जानती हूँ वह सब ...त उसने बताया है। इस वक्त साँवली उसके लिए नाश्ता तैयार कर रही होगी। वह मुरमुंडा के पास के कन्नड़ गाँव से उसके यहाँ काम करने के लिए आती है। एक आदिवासी किशोरी जिसे उसके जैज के रिकार्ड्स सुनना अच्छा लगता है।

"यह तुम्हें साँवली से ही पूछना चाहिए।"

"लेकिन मैं उससे कब मिलूँगी।"

"आपको कुछ दिन मुरमुंडा में बिताने चाहिए...मार्च में जब आम के पत्ते झरते हैं तब वहाँ आदिवासियों का रात-रात भर नाच-गाना होता है...।"

"मैं कितने सालों से उस गाँव के बारे में सुनती आयी थी।"

"इस बार की होली में आप वहीं रहना।"

"यह तो तुम कब से कहते रहे हो।"

"इस बार पक्का है...मैं आपके बाबा से बात करूँगा...उनकी तबीयत ठीक रही तो वे भी चलेंगे।"

"मैं जानती हूँ कि मैं मुरमुंडा के बारे में सिर्फ सुनती रहूँगी...मेरा इस जन्म में वहाँ जाना हो सकेगा।"

मेरी वह शिकायत पहली बार नहीं, कई बार उसके सामने उतर चुकी थी। इसीलिए भी शायद वह मुरमुंडा के मौसमों के बारे में, वहाँ के जीवन के बारे में और सबसे ज्यादा वहाँ की अपनी जिन्दगी के बारे में इतना कुछ बताता था कि मुझे महसूस होता रहे कि मैं वहीं रही हूँ। मुझे पता था कि उसके मकान की दीवारों का रंग आसमानी नीला है। उसके आँगन में सेमल का पेड़ है। वहाँ पड़ोस में एक मिट्टी का मकान है और उसके आँगन में घोड़े बँधे रहते हैं। मैं अपने शहर की खिड़की से उसके गाँव की पहाड़ियों को उसी तरह महसूस कर सकती हूँ जैसे वह महसूस करता होगा।

बहुत पहले उसने कहा था—

"बचपन में मैं स्कूल से लौटकर माँ को दिनभर के बारे में बताता था...वह भी मुझे घर की दिनभर की एक-एक बात बताती थी...इसे लगता था कि मैं घर में ही रहा हूँ...अब भी लगता है कि वैसा ही कुछ होते रहना चाहिए।"

पिछले तीन बरसों में मैं उससे सुबह-सुबह जंगल से लकड़ी का गट्ठा ले आती आदिवासी औरतों, बाजार के पास लड़ी जाती मुर्गों की लड़ाइयों, मृतकों की याद में खड़ी कलाकृतियों और आदिवासियों के नाच-गानों, पीने-पिलाने, लड़ने-झगड़ने के बारे में क्या-क्या नहीं सुनती रही हूँ। वह महीने में दो-तीन बार वहाँ से आता और महीने भर की बातें सुना लौट जाता। मेरे लिए वह मुरमुंडा से आता डाकिया था या वहाँ से निकलता दिलचस्प अखबार।

"वहाँ मैं बाबू के साथ गया था," वह दंतेवाड़ा के बारे बता रहा था।

"तब तुम्हारी माँ जिन्दा रही होगी।"

"हम उनकी चंगाई के लिए मनौती माँगने गये थे।"

"क्या तुम लोगों की मनोकामना पूरी हुई थी।"

"नहीं...हम वहाँ से लौटे और माँ नहीं रही...लेकिन दंतेखरी का मन्दिर मुझे खींचता रहा था।"

"तुमने कभी अपने लिए कुछ माँगा है।"

"नहीं।"

"क्यों?"

"मुझे लगता है कि जितना कुछ आसानी से मिल जाए उससे ही जीना आना चाहिए।"

"और जो न मिला हो।"

"उसके लिए कोशिश से तकलीफें बढ़ती हैं।"

"लेकिन ऐसी तकलीफें जरूरी होती हैं।"

"आप ठीक कह रही हैं।"

तब मैं समझ जाती कि अब उसकी कुछ पुरानी तकलीफों ने उसे घेरना शुरू कर दिया है। मैं बातचीत का रुख बदल देती। मैं यहाँ-वहाँ की बातें करने लगती। मैं दूसरी बार चाय बनाती। हम दोनों ऊपर के कमरे में बाबा के पास चले जाते और थोड़ी देर के बाद वह अपने पुश्तैनी मकान की तरफ बढ़ने लगता जहाँ उसकी बड़ी बुआ और अन्धी कजिन उसकी प्रतीक्षा करते रहते थे।

उसने मेरे घर आना तब शुरू किया जब बाबा अपनी प्रैक्टिस छोड़ रहे थे। एक शाम वह आया और बाबा घर में नहीं थे। वह सामने के कमरे में बैठा रहा। कानून की किताबें पलटता रहा। बाहर बारिश होने लगी। बाबा कहीं रुक गये। मैं उसके लिए चाय ले आयी और मैंने पूछा—

"कहाँ पढ़ते हो?"

“मैं पढ़ाता हूँ।”

“क्या लॉ कालेज में?” मैं चौंकी थी।

“नहीं...नहीं....मुरमुंडा के प्रायमरी स्कूल में।”

बाहर बारिश हो रही थी और मैं नर्मदा नदी के किनारे बसे हुए मुरमुंडा के बारे में सुन रही थी। उस गाँव की एकमात्र और लम्बी सड़क के दोनों किनारों पर शीशम, आकाशनीम, पीपल नीम और अमलतास के पुराने, घने पेड़ खड़े थे। उसके स्कूल की कवेलियों की छत पर गुलमोहर के पेड़ की छाया और पत्तियाँ गिरती थीं जिसे वह दूसरी मंजिल की खिड़की से देखता था।

उस बारिश में ही बाबा को पहला दिल का दौरा पड़ा था। मैं रात में उनके पास नर्सिंग होम में रुक जाती। दिन में रुकना मेरे लिए मुश्किल था। वह दिन में रहने लगा। उसने कुछ दिनों की छुट्टियाँ ले लीं। वे हमारी पहचान की शुरुआत के दिन रहे। उसका हमारे घर आना बढ़ता गया। वह जब कभी आता अपनी कोई शाम, या दुपहर हमारे घर पर बिताता। उस वक्त मैं अपने मुवक्किल से नहीं मिलती। लड़े जा रहे मुकदमे की फाइल से दूर रहती। मेरी यह कोशिश बनी रहती कि मैं उससे बहुत कुछ सुन सकूँ। बहुत कुछ कह सकूँ। पहली बात तो हो जाती लेकिन दूसरी बात हमेशा हमेशा आधी-अधूरी रह जाती। मैं जो कोर्ट में इतना कुछ बोल जाती थी वही उसके सामने भीगी बिल्ली-सी हो जाती। क्या यह ऐसा उसके लिए मेरे प्रेम से हो जाता था? इस समय वह अपने मकान के बरामदे के गमलों में लगे हुए पौधों को सींच रहा होगा या टाइम्स आफ इंडिया के डाक एडीशन को पढ़ रहा होगा या जैज का कोई रिकार्ड सुनते हुए अपने कपड़ों को इस्त्री कर रहा होगा। साँवली रसोई में होगी। कुछ न कुछ बोल रही होगी। साँवली से बहुत देर तक चुप रहा नहीं जाता। एक शाम साँवली ने उससे पूछा—

“बाबू...क्या आपको अकेले रहना अच्छा लगता है।”

“तुम्हें कैसा लगता है।”

“मुझे तो जरा-सा भी अच्छा नहीं लगता...पता नहीं आप कैसे रहते हैं।”

“मैं कहाँ अकेले रहता हूँ...यहाँ तुम आती हो...स्कूल में दूसरे, अध्यापक साथ रहते हैं...मैं अपने घर जाता हूँ... ।”

“लेकिन इस मकान में तो आप अकेले ही रहते हैं।”

साँवली दूसरे अध्यापकों के यहाँ काम करती है। फैक्टरी के साहब लोगों के यहाँ अपने घर से अण्डे और दूध पहुँचाती है। उसे बहुत कुछ पता होगा। वह बहुत कुछ सुनती-समझती होगी। जब वह मुझसे साँवली की उलझन और सवालों का जिक्र कर रहा था तब मेरे मन में आया भी था कि मैं उससे जानूँ कि क्या उसे वहाँ अकेलापन नहीं सताता है। पर मैंने तब भी नहीं पूछा था। मुझे लगा कि कहीं उसने साँवली के सवालों का जिक्र भी इसीलिए ही किया हो कि मैं भी उन सवालों को दोहरा सकूँ। यह होता है। हम सीधे कहने की जगह टेढ़े-मेढ़े रास्तों से कहीं पहुँचना चाहते

हैं, कहीं पर लौटना चाहते हैं।

साँवली के सवालों के जिक्र की दुपहर मकर संक्रान्ति की दुपहर थी। जनवरी की उजली, पतंगों के साथ खेलती दुपहर। मैं अपने बाबा की कमीजों के फटे हिस्सों को ठीक कर रही थी।

"मैं इतने सारे लड्डू का क्या करूँगा।"

"कुछ साँवली को दे देना।"

"साँवली को यह बहुत अच्छा लगेगा।"

"क्यों?"

"वह छोटी-छोटी बातों में चमत्कार ढूँढ़ लेती है।"

"यह बात जीने में मदद देती है।"

"शायद इसीलिए आदिवासी लोग इतने अभावों के बीच भी खुश रहते हैं।"

फिर किस तरह न जाने हमारी बात आदिवासियों के टोने-टोटकों तक पहुँची थी। उनके अजीबोगरीब तांत्रिकों, मंत्रों और अनुष्ठानों से हम रहस्यों-रोमांचों से भरी किताबों पर आये थे। उसे हत्या, हत्यारों और जासूसों से भरे हुए उपन्यासों को पढ़ना अच्छा लगता था। कभी मैंने उसे शरतचन्द्र के उपन्यासों को पढ़ने के लिए दिया था और उसे उनकी भावुकता और जटिलता ने प्रभावित नहीं किया था। शेष प्रश्न लौटाते हुए उसने कहा था–

"शरत बाबू हमें और दुखी कर देते हैं।"

"क्या वे सिर्फ इतना ही करते हैं।"

"मुझे भावुकता से डर लगता है।"

"तुम सोचते हो कि बिना भावनाओं के जिया जा सकता है।"

"मैंने भावुक लोगों को हमेशा ही दुख उठाते हुए देखा है। मेरी कजिन की ही बात लो उसने अपनी भावनाओं की कितनी बड़ी कीमत चुकायी है।"

यह उसके साथ भी है। यह हम सभी के साथ होता है। हम कहते कुछ हैं, भरोसा किसी और बात पर करते हैं और जीते कुछ और हैं। वह खुद बेहद भावुक हैं। आदिवासियों का भावनाओं से भरा हुआ जीना उसे इतना खींचता है कि वह उनके जीने की कठोर सच्चाइयों से आँखें मूँद लेता है। वह यह नहीं सोचता कि क्यों साँवली इस तरह की उम्र में घर-घर जाकर बर्तन माँजती है। झाड़-पोंछा करती है? किसी दिन उनके जीने के ढंग को लेकर हम दोनों की काफी लम्बी और तीखी बहस हुई थी। उसके साथ यह अच्छा है कि वह अपनी ही बात पर अड़ा नहीं रह जाता है। अपने सोचने-समझने में वह लचीला है। मैं उसे समझाती हूँ तो वह समझ जाता है और उसका ऐसा होना मुझे स्वयं बहुत बातें सिखाता रहा है।

"तुम मेरी बात इसीलिए तो मान नहीं लेते हो कि मैं तुमसे बड़ी हूँ।"

"नहीं...ऐसा हो तो तब मैं पहले ही उन बातों का इतना विरोध क्यों करता हूँ ...और मैं देखता भी हूँ कि आप अपनी बातों को कितने अच्छे तरीके से रखती हो।"

“यह तो मेरे पेशे के लिए जरूरी है।”

“लेकिन आप जानती भी हैं।”

“न जानने से अपनी बातों में कमजोरी आती है।”

“और क्या जानना हमें मजबूत बनाता है।”

“आफकोर्स...इसीलिए जानने पर इतना जोर दिया जाता रहा है।”

“आपसे न मिलता तब जानने-पहचानने को लेकर थोड़ी-सी भी समझ नहीं आती।”

और उसके जाने के बाद मैं सोचती रही कि अगर वह मेरे जीवन में नहीं आता तब मेरे साथ क्या-क्या नहीं होता। मैं किन अभावों के बीच जीती, कितनी-कितनी बातों को खाली, नीरस और अधूरा पाती। इस तरह सोचते चले जाने का सिलसिला लम्बा भी था और दिलचस्प भी। जो लोग हमारे जीवन से जुड़ जाते हैं, उनके न जुड़ने के बारे में सोचना अपने आपको खाली होते हुए देखना है, अपने आपको आधा-अधूरा पाना है।

उसी रात अपनी अन्धी कजिन की आँखों के इलाज के लिए वह मद्रास गया था। आँखों की रोशनी के कम हो जाने से ही उसकी कजिन की सगाई टूट गयी थी। ऐसा किसी एक्सीडेण्ट से हुआ कि उसकी आँखों की रोशनी जाती रही।

“मेरा मन वहाँ से पांडिचेरी जाने का रहेगा।”

“क्या मैं तुम लोगों के साथ चल सकती हूँ।”

“तुम्हारे बाबा नहीं मानेंगे।”

“अगर मान गये तो...”

“पता नहीं बुआ और छोटी क्या सोचेंगी।”

“तुम डरते हो।”

“हाँ।”

“किससे।”

“यह पता नहीं लेकिन डरता जरूर हूँ।”

मैं जानती थी कि मैं ख़ुद ही नहीं जाऊँगी और न बाबा इसकी इजाजत देंगे। मैंने यह भी जान लिया था कि उसके साथ कितनी दूर तक जाया जा सकता है।

वह एक नर्वस-सा कमजोर-सा व्यक्तित्व है। वह उनमें आता है जो बिना कारण डरे-डरे से रहते हैं। एक किस्म की हिचकिचाहट के बीच साँस लेते हैं, एक तरह की मायूसी और नाउम्मीदगी के बीच बड़े होते जाते हैं। व्यक्तित्व का ऐसा पैटर्न जिसे गुरुदत की ट्रेजिक फिल्मों के नायकों में महसूस किया जा सकता है। एक तरह का अच्छा-सा लेकिन निर्बल व्यक्तित्व।

वह पैदल ही स्कूल जाता है। बीच में प्रायमरी हेल्थ सेंटर आता है जहाँ से वह अपनी पत्रिकाएँ, अखबार और पापुलर फिक्शन उठाता है। बाद में वह डाकघर में रुकता है जहाँ से वह अपनी चिट्ठियाँ उठाता है, अपनी चिट्ठियों को पोस्ट करता है।

''तुमने मुझे कभी पत्र नहीं लिखा।''

''मुझे लिखना नहीं आता है।''

''तुम दूसरों को तो लिखते हो।''

''आपकी बात दूसरी है।''

''क्यों?''

''आप बहुत ज्यादा जानती हैं।''

''यह भी कोई बात हुई।''

''आपको लिखना मजाक नहीं है।''

वह इस तरह बताता रहा कि शुरुआत में जब वह हमारे घर आता था तब मुझे ज्यादातर वक्त पढ़ते हुए देखा करता था। उन दिनों मैं कानून की परीक्षा की तैयारी कर रही थी और खाली वक्त में पढ़ती ही रहती थी। मुझे लग रहा था कि मैं बाबा का पेशा अख्तियार करूँगी और इससे बाबा को खुशी मिलेगी। पर ऐसा नहीं हुआ।

वे मेरे विवाह के लिए उत्सुक थे। वे अपनी मौत के पहले मेरे हाथ पीले करना चाहते थे। अब तक मेरे हाथ पीले नहीं हुए हैं। पता नहीं अब होंगे भी या नहीं? इस सावन में मैंने तीस पार किये हैं। मेरी चचेरी बहनें और सहेलियों के दो-तीन बच्चे हो चुके हैं। मेरी चचेरी बहनों को मेरे अविवाहित होने पर तरस आता है। रिश्ते-नाते के लोग बाबा के पास ऐसे पुरुषों की तस्वीरें छोड़ जाते हैं जिनकी पत्नी नहीं रही है या पैंतालीस पचास की उम्र में जाने के बाद भी जिन्होंने शादी नहीं की है।

''यह मुझसे नहीं होगा।'' मैंने कहा था।

''क्या आपने अपने बाबा से कहा है?'' उसने पूछा था।

''और किससे कहूँगी।'' मैं नाराज हो जाती हूँ।

''वे आपकी इच्छा के खिलाफ नहीं जाएँगे।''

''इच्छा से क्या होता है।''

''आप ही कहती हैं कि इच्छाओं से जीवन बनता है।''

''वह सिर्फ कहने की बात है।''

उस दिन वह समझ गया था कि मेरा मन खराब है। वह मुझे अकेला छोड़ना चाह रहा था। उसने बुआ की तबीयत का जिक्र किया और बाहर चला गया। मैं खिड़की से उसे जाता हुआ देखती रही। उस वक्त मेरे मन में आया था कि उसे पुकारूँ और उससे कहूँ कि तुम ही मुझसे विवाह क्यों नहीं कर लेते...। तुम मुझे चाहते हो ...मेरे साथ वक्त बिताना तुम्हें अच्छा लगता है....बाबा भी तुम्हारे लिए मना नहीं करेंगे...और...।

मैं उसे जाते हुए देखती रही। उसके बारे में सोचती रही। मैं अब भी उसके बारे में सोच रही हूँ। इस वक्त वह मुरमुंडा की किसी पगडण्डी से अपने स्कूल की तरफ बढ़ रहा होगा। उसके आसपास मैदान होगा। पुराने-पुराने पेड़ और सरसराती हुई हवाएँ। एक दिन उसने कहा था कि मुरमुंडा की हवाएँ ही रही होंगी जो उसे जैज के

इतने करीब ले गयीं। मुरमुंडा की जंगली हवाओं, साँवली के गुनगुनाहट और जैज के बीच के रिश्तों पर उसने क्या-क्या नहीं कहा है।

उस रोज मैं स्कूल से लौट रहा था...वे दोनों ही बूढ़ी औरतें थीं...मुझे उनका गाना इतना खींचता रहा कि मैं अपने घर की विपरीत दिशा में बढ़ता चला गया।

''तुमने उन औरतों से कुछ कहा?'' मैंने पूछा।

''मैं क्या कहता...मुझे किसी ने बताया कि वे पातालकोट की औरतें होंगी... उनके गाँव के लिए जमीन के बहुत नीचे उतरना पड़ता है।''

''हम कभी पातालकोट जाएँगे।'' मैंने कहा था।

''आप अभी तक मुरमुंडा ही नहीं आयी हैं...साँवली आपसे मिलना चाहती है।''

''मैं कल ही तुम्हारे साथ चलूँगी...।''

इतने विश्वास के साथ कहते हुए भी मैं जानती हूँ कि मैं मुरमुंडा नहीं जा सकूँगी। वह सिर्फ यहाँ के लोगों से ही नहीं, वहाँ के लोगों से भी डरता होगा। मैं वहाँ जाऊँगी तब वह लोगों से मुझे कैसे मिलाएगा, लोगों से मुझे कैसे छिपाएगा। उसे अपने स्कूल के अध्यापकों का डर होगा, अपने मुहल्ले के लोगों का भी। वह अपनी बुआ से क्या कहेगा, अपनी कजिन को क्या समझाइगा। मेरे बाबा तो मान जाएँगे लेकिन क्या वह खुद कभी मान सकेगा मना सकेगा? ऐसा तो बिल्कुल भी नहीं है कि वह मेरे बारे में सोचता ही नहीं होगा। यह भी नहीं हो सकता कि वह मेरे साथ अपने भविष्य के सपने देखता ही नहीं होगा। उसका डर किसी और जगह से भी आता होगा उसके डर का कोई ऐसा स्रोत भी हो सकता है जिसे वह खुद ही नहीं जानता होगा। आखिर हमारे भीतर ऐसे भय बने ही रहते हैं जिनके होने न होने के बारे में हम खुद ही नहीं जानते हैं। मैं जिस तरह अपने प्रेम और उसके डर के बारे में सोचती हूँ वह भी अपने प्रेम और अपने डर के बारे में सोचता ही होगा। आखिर उन सूनी पगडण्डियों और सरसराती हवाओं से उसके भीतर अपने भविष्य के ख्याल तो आते ही होंगे। यह कैसे हो सकता है कि कोई अकेला रह रहा हो, प्रेम कर रहा हो और उसे आने वाले दिनों की चिन्ता ही न हो। यदि उसके साथ डर रहता होगा तब उसके साथ प्रेम न पाने प्रेम न कर सकने के ख्याल भी तो रहते ही होंगे।

''मेरे माँ-बाप की कभी नहीं बनी...। मैंने उन्हें हमेशा लड़ते-झगड़ते देखा...मुझे बचपन से ही विवाह का ख्याल डराता रहा है।'' उसने कहा था।

''क्या मेरे माँ-बाप लड़ते नहीं थे...यह सब उम्मीदों का तकाजा होता है...यह भी नहीं कहा जा सकता कि जो लड़ते रहते हैं उनके बीच प्रेम नहीं होता है।''

''मैं स्कूल से लौटते वक्त सोचता रहता था कि मैं अपना बस्ता पटकूँगा और खेलने चला जाऊँगा...पर वही वक्त होता था जब उनका झगड़ा शुरू हो जाता था ...मैं एक जगह बैठा हुआ उनकी तेज होती आवाजों को सुनता रहता था...।''

और फिर उसके पिता बाहर चले जाते थे। उसकी माँ बड़बड़ाती रहती थी। पड़ोस से बुआ आ जाती थी। ज्यादातर बुआ ही शाम को खाना तैयार करती थी।

अपने बचपन से ही वह बुआ के करीब जाता रहा था। जब वह आठवीं में गया तब उसकी माँ—बाप के घर में ही चल बसी। कुछ बरसों के बाद उसके पिता ने दूसरा विवाह किया और वह अपनी बुआ के साथ रहने लगा था। उन दिनों में ही उसके भीतर उस डर का जन्म हुआ होगा जिसे लिए हुए वह मुरमुंडा की पगडंडियों से गुजरता है, मेरे घर के पास की गली से गुजरता है।

इस वक्त भी वह किसी पगडण्डी से गुजर रहा होगा। उसे धूप में चमकता गिरजे का क्रॉस नजर आ रहा होगा या खजूर का वह पेड़ जिस पर स्कूली बच्चे चढ़ते हैं। साँवली उसके कपड़ों को सूखने के लिए छत पर टाँग रही होगी। साँवली कुछ गुनगुना रही होगी, पेड़ सरसरा रहे होंगे और कहीं दूर से जाती ट्रेन की आवाज मुरमुंडा में गूँज रही होगी। इतना जरूर है कि मैं किसी न किसी दिन मुरमुंडा जरूर जाऊँगी। साँवली से जरूर मिलूँगी और पुराने पेड़ों की उन सरसराहटों को भी महसूस करूँगी जिनसे वह जैज की तरफ झुका है। जिनसे उसने आदिवासियों के जीवन के रहस्यों को जोड़ा है। उस दिन शायद मैं यह भी जान सकूँगी कि कहीं उसका डर भी उन जंगली पेड़ों से बाहर आती हवाओं के भीतर से ही तो नहीं आता है?

"पेड़ों की सरसराहट का भी जादू होता है।" उसने कहा था।

"कैसे?"

"वे सरसराहटें आपको रोकती हैं...अपनी तरफ बुलाती हैं...ऐसा लगता है कि कोई आपका नाम लेकर पुकार रहा है।"

"तुम सड़क से क्यों नहीं जाते।"

"मैं उन सरसराहटों को नहीं सुनता हूँ तो मुझे खाली-खाली-सा लगता है।"

"तुम उनसे डरते भी हो।"

"मैं उनसे नहीं किसी और चीज से डरता हूँ।"

"वह क्या चीज है?"

"मैं नहीं जानता...मैं अपने डर को भी नहीं जानता हूँ... ।"

बहुत पहले वह मुरमुंडा के पास ही के एक गाँव में गया था। वहाँ उसने बरगद के नीचे बैठे हुए एक आदिवासी तांत्रिक को देखा था उससे अपना डर बताने की जगह, वह उससे ही डर गया था। मैं कभी मुरमुंडा जाऊँगी और उस बूढ़े तांत्रिक से भी मिलूँगी जो हर वक्त बरगद के उस पेड़ के नीचे ही रहता है।

मैं इन गर्मियों की शुरुआत में ही मुरमुंडा जाऊँगी और जब मैं वहाँ रहूँगी तब आम के पत्ते झर रहे होंगे। आदिवासियों का मेला लगा होगा और पुराने पेड़ों की सरसराहटों से पूरा वातावरण गूँजता होगा। मैं वहाँ जाऊँगी, साँवली से मिलूँगी और उन पगडण्डियों पर भी चलूँगी जिन पर से इस वक्त वह गुजर रहा होगा।